MARIE LUISE KASCHNITZ

Der Tulpenmann

ERZÄHLUNGEN

PHILIPP RECLAM JUN. STUTTGART

Universal-Bibliothek Nr. 9824
Alle Rechte vorbehalten. © für diese Ausgabe Philipp Reclam jun. Stuttgart 1976. © für den Band *Lange Schatten* Claassen Verlag Hamburg 1960. © für den Band *Ferngespräche* Insel-Verlag Frankfurt am Main 1966. Gesetzt in Petit Garamond-Antiqua. Printed in Germany 1979. Satz: BHW Stuttgart. Druck: Reclam Stuttgart
ISBN 3-15-009824-6

Der Tulpenmann

Der Circus, von dem ich Ihnen erzählen will, Herrn Luigis Circus, war ein trauriger, ein Wrack von einem Circus, so könnte man sagen, ein Ding, das sich noch eine Weile über Wasser hält, aber was hilft das, es geht schließlich doch unter, es ist zum Untergehen bestimmt.

Diesem Circus nämlich hatte, als er in Afrika unterwegs war, ein Wirbelsturm das Zelt in Fetzen gerissen; ein Kriegsschiff, soviel ich mich erinnere, ein britisches, hatte ihn aus Gutmütigkeit nach Italien mitgenommen, und da stand er nun, ich meine die vielen Wagen, große und kleine Wohnwagen und die Wagen für die Tiere und die Lichtmaschine und der Waschwagen, und konnte keine Vorstellungen mehr geben.

Er stand, genau gesagt, vor den Toren Roms, ein Stückchen außerhalb der aurelianischen Mauer, es ist da eine alte Pyramide, die sogenannte Cestiuspyramide, und ein akatholischer Friedhof, auf dem Goethes Sohn begraben liegt und der englische Dichter Shelley, der von seinem eigenen Namen behauptete, daß er in Wasser geschrieben sei. Nicht weit von der Pyramide, dem Stadttor und dem Friedhof befindet sich ein großes ödes Feld, eine Art von Schuttabladeplatz, und daneben die Station der Schnellbahn, die an den Lido von Ostia und auch zu den Ruinen der alten Hafenstadt führt. Es ist der Platz, der Circussen und wandernden Schaustellern zugewiesen wird. Man sieht von dort aus die nachts angestrahlte Fassade der Basilika San Paolo. Die Elektrische, die einen Kreis um ganz Rom beschreibt, fährt an der Pyramide und dem alten Stadttor vorüber, so daß man von allen Seiten der Stadt her eine gute Verbindung hat.

Wegen dieser guten Verbindung haben die Circusse und die wandernden Schausteller an der Porta San Paolo auch im allgemeinen recht gute Geschäfte gemacht. Aber, wie ich Ihnen schon sagte, hatte Herrn Luigis Circus kein Zelt mehr und auch keine Tribünen und konnte keine Vorstellungen mehr geben. Es konnten dort nur am Nachmittag ein paar Clowns und Parterreakrobaten auftreten, und es konnten die Ställe besichtigt werden, aber auch das nur in der allerersten Zeit.

Später nämlich, nach dieser Zeit, hat die Polizei um den Circus einen Stacheldrahtzaun gezogen. Sie hat das getan, weil die Tiere, die aus Geldmangel nicht mehr gefüttert werden konnten, Tag und Nacht brüllten und mit ihrem Gebrüll die Einwohner des Stadtviertels um die Porta San Paolo in Schrecken versetzten. Der Panther hatte einen der Stäbe seines Käfigs zertrümmert und ein Kind verletzt. Verschiedene Tiere waren eingegangen, und obwohl die Kadaver sofort verscharrt wurden, hat sich ein pestilenzialischer Gestank verbreitet. So vergingen die ersten Tage des Monats August. Ferragosto, der eisenglühende Fünfzehnte, nach dem sich, wie man sagt, die Hitze bricht, war noch weit. Es war fürchterlich heiß, und vor Mitternacht bewegte kein Windhauch die verpestete Luft.

An einem dieser ersten Augusttage sah Herr Luigi den Circus zum ersten Mal. Er wohnte in einem entfernt gelegenen Stadtteil und kam an der eingegitterten Wagenburg nur ganz zufällig eines Abends vorbei. Aber dann hörte er die Tiere brüllen und sah zu seinem Erstaunen mehrere alte Frauen, die sich mit Körben und Säcken dem Stacheldrahtzaun näherten und Heu, Karotten und halb verfaulte Bananen über den Zaun zu werfen versuchten. Von den alten Frauen erfuhr er, was mit dem Circus geschehen war. Er blieb stehen und machte sich vor Mitternacht nicht wieder auf den Weg. Er sprach mit den Polizisten, die vor dem Tor Wache hielten, und mit den Artisten und Tierpflegern, die dort ein- und ausgehen durften, wenn sie ihre Ausweise zeigten.

Dieser Herr Luigi ist ein Liebhaber von Circussen, oder, wie man sich heute ausdrückt, ein Fan. Er ist noch mehr als das, ein Liebhaber des zwecklosen Spiels und jener vollkommen beherrschten Bewegung, die die Schwerkraft besiegt. Im Laufe seines Lebens hat Herr Luigi vielen Circusvorstellungen beigewohnt. Er hat sich in der Pause an jenen Ausgang

des Zeltes begeben, wo die Artisten, in schmuddeligen Bademänteln, auf Taurollen hockend, ausruhen oder in ihren Trikots umhergehen und ihre Muskeln lockern, und wo die Haut der von zwei Männern dargestellten Giraffe und die grotesken Musikinstrumente der Musical-Clowns liegen. Er wußte, wie durch eine bestimmte Art des Schminkens die zugleich lachenden und tieftraurigen Gesichter der Spaßmacher entstehen und welche Geduld es kostet, bis die rosa und himmelblau gefärbten Tauben von den obersten Sitzreihen her auf die Hand der mit einer Perlenhaube geschmückten Dame fliegen. Darum mußte auf den Herrn Luigi, der nun jeden Abend nach Büroschluß den Platz bei der Pyramide und dem alten Stadttor aufsuchte, der Haufen Elend, den dieser Circus darstellte, einen furchtbaren Eindruck machen. Er war nichts als ein kleiner Angestellter, aber er war ein empfindsamer Mensch, ein Mensch, der in einer Katastrophe gleich alle Katastrophen und in dem Niedergang eines Dinges den Niedergang aller entsprechenden Dinge sieht. Obwohl er sich sagen mußte, daß es auf einen Circus mehr oder weniger nicht ankommt, bildete er sich doch ein, daß dieses Unternehmen das letzte seiner Art sei und daß mit seinem Untergang alle schwingenden Trapeze, alle federgeschmückten, dressierten Pferde und alle watschelnden zwergenhaften Spaßmacher aus der Welt verschwinden würden. Er war sehr niedergeschlagen, und er wurde noch trauriger, als der Ausverkauf der Tiere begann.
Ja, die Tiere wurden verkauft. Es erschien eine Anzeige in der Zeitung, auf die hin einige Raubtiere und ein junger Elefant vom zoologischen Garten übernommen wurden. Die Schimmel, die gewohnt waren, in der Manege hübsche Figuren zu bilden, und die bei dem immer wieder einsetzenden Beifall freudig mit den straußfedergeschmückten Köpfen genickt hatten, wurden einzeln abgeholt, um geschlachtet zu werden oder um die Karren von Holzlieferanten und Gemüsehändlern zu ziehen. Es blieben aber noch viele hungrige Tiere übrig, und Herr Luigi überlegte sich ernsthaft, ob er nicht eines von ihnen mit sich nach Hause nehmen könnte. Er tat das aber am Ende doch nicht. Denn er hatte zu

5

Hause eine Frau, die sehr schwer und sehr streng war und deren dicke schwarze Augenbrauen in der Mitte zusammengewachsen waren. Er mußte seiner Frau jeden Pfennig seines Gehaltes abliefern und konnte darum so gut wie nichts in die Pappschachtel werfen, die, für milde Spenden bestimmt, an der Außenseite des Drahtzaunes hing. Er konnte zu der Rettung der Tiere nichts beitragen, und er hatte nicht einmal genug Geld, um dem Direktor, der einen Selbstmordversuch gemacht hatte, einen Blumenstrauß ins Krankenhaus zu schicken. An dem Tag, an dem der Direktor ins Krankenhaus gekommen war, zeigte der große Kalender in Herrn Luigis traurigem Eßzimmer eine fette Fünf, es war der fünfte August. Am sechsten wurden die fünf Töchter der Luft, die sich für Schwestern ausgaben, abgeholt. Einige wohlhabende Herren aus der Stadt, die ihre Photographien in der Zeitung gesehen hatten, hatten sie eingeladen, bei ihnen zu wohnen, und in schönen leisen Wagen fuhren die Mädchen weinend davon. Am siebten August verschwanden die Artisten, die gezwungen waren, sich als Kellner zu verdingen. Am selben Tag erhielten die Parterreakrobaten telegraphisch ein Engagement nach Amerika und reisten mit dem Flugzeug ab. Jeden Abend wurde es ein wenig stiller und öder auf dem eingezäunten Gelände, über dem jetzt, weil es so heiß und trocken war, beständig eine dicke, erstickende Staubwolke lag. Durch den Staub hindurch sah Herr Luigi die rote Abendsonne, und oft hatte er Lust, einen der kleinen Züge der Schnellbahn zu besteigen, um die Sonne in Ostia Mare ins Wasser sinken zu sehen. Er konnte aber den Circus nicht verlassen. In einer Gruppe von Neugierigen stand er allabendlich vor dem von den Carabinieri bewachten Tor und beobachtete die zu einer kleinen Stadt zusammengestellten Wohnwagen, die zuerst in der Nacht noch alle erleuchtet waren, in denen er aber jetzt kaum noch ein helles Fenster gewahrte. Hinter einem Lorbeergebüsch sah er den Kunstreiter, der, wenn es kühler wurde, sein Pferd, einen Araberhengst, herausführte und es an der Longe bewegte. Obwohl die kreisrunde Bahn, in deren Mitte der Kunstreiter stand, ziemlich weit entfernt war,

konnte Herr Luigi bemerken, daß das Pferd da nicht einfach herumlief, sondern allerlei komplizierte Schritte ausführte, die Herr Luigi übrigens alle bei Namen kannte. In den ersten Nächten hatte der Reiter das Pferd auch noch gesattelt und bestiegen, und recht schön und geisterhaft hatte es ausgesehen, wenn der Schimmel sich im Mondlicht hoch aufbäumte und bald mit dem rechten, bald mit dem linken Vorderhuf über die glänzenden Lorbeerblätter ins Leere griff. Diese Übungen stellte der Reiter, vielleicht weil das Pferd in seinem geschwächten Zustand sie nicht mehr ausführen konnte, jedoch bald ein. Jeden Abend sah Herr Luigi ihn ein bißchen früher Schluß machen, und er wußte, daß der Tag kommen würde, an dem der Schimmel nicht mehr imstande sein würde, den Stall zu verlassen.
Wahrscheinlich finden Sie, daß alles, was ich über Herrn Luigis Circus erzähle, höchst unwahrscheinlich klingt. Vielleicht meinen Sie, ein solches Unternehmen sei gegen alle möglichen Zufälle versichert, und es gehöre jeder Circus, so international seine Truppe auch ist, einem bestimmten Lande an und könne von der Botschaft dieses Landes über Wasser gehalten werden.
Aber ich weiß das nicht. Ich weiß nur, daß Herrn Luigis Circus zum Sterben verurteilt war, so, wie möglicherweise alles Leichte, Anmutige und im Grunde Überflüssige in unserer Welt zum Sterben verurteilt ist. Wir sehen dem zu, so ohnmächtig, wie Herr Luigi zusah, wie der Araberhengst seine letzten Tanzschritte machte und wie der Tulpenmann seine Bälle in die Luft steigen ließ.
Diesen Tulpenmann habe ich noch nicht erwähnt. Er war, wie der Kunstreiter, einer der letzten, die auf dem öden stinkenden Platz ausharrten, und wie dieser kam auch er am Abend aus seinem Wagen, um seine täglichen Übungen zu machen. Auch er tat das in einiger Entfernung vom Stacheldraht, dort, wo in den ersten Tagen die Parterreakrobaten aufgetreten waren und wo der Boden noch glatt war und mit feinem gelbem Sand bedeckt. Es hingen dort an Drähten auch noch einige elektrische Birnen, die der Tulpenmann jedesmal, wenn er zu arbeiten anfing, zum Glühen

brachte. Er war also gut zu sehen, wenigstens, solange es noch elektrischen Strom gab, also noch fünf oder sechs Abende lang.

Nicht daß dieser Tulpenmann etwa mit Tulpen, mit richtigen oder mit solchen aus Glas, jonglierte. Er jonglierte mit Bällen, aber auf seinem Kleid waren silberne und rosafarbene Tulpen gestickt. Das Kleid bestand aus einem Pumphöschen und einem eng taillierten Wams, und er trug seidene Strümpfe und Schnallenschuhe dazu. Wie Herr Luigi erfuhr, hatte der Ballwerfer früher immer im Trainingsanzug geübt und das Tulpenkleid nur zu den Vorstellungen angezogen. Aber in diesen Nächten, den letzten auf dem alten Circusgelände, zog er sich an wie zu einer Galavorstellung, und was er da zu den im Wind schwankenden elektrischen Birnen und später zum Mond hinaufwarf, waren auch nicht seine Übungsbälle, sondern die mit Sternen und kleinen Sonnen übersäten und von innen beleuchteten Kugeln, die er sonst nur bei besonderen Gelegenheiten benützte. Diese Kugeln sah Herr Luigi in die Luft steigen, sechs, zehn und noch mehr auf einmal, und immer kehrten sie gehorsam in die Hände des Tulpenmannes zurück.

Obwohl auch der Tulpenmann am Ende Zeichen der Erschöpfung zeigte, ist er doch nicht vor Herrn Luigis Augen zusammengebrochen, so wenig, wie der schöne Schimmel zusammengebrochen ist. Es geschah überhaupt nichts mehr, als daß eines Tages der ganze Rest des Unternehmens an einen auswärtigen Circus verkauft und abtransportiert wurde. Der Stacheldrahtzaun wurde abgerissen, und Herr Luigi kehrte nach Hause zurück. Er hatte seiner Frau gesagt, daß er wegen besonderer Aufträge nachts immer lange hätte ausbleiben müssen, und in gewisser Weise stimmte das auch. Er hatte den Auftrag, zu sehen und zu hören, und er hat diesen Auftrag erfüllt. Nur, daß ich Ihnen von dem, was Herr Luigi gesehen und gehört hat, noch nicht alles erzählt habe und daß es noch etwas nachzutragen gibt. Und mit diesem Etwas meine ich das Kind.

Ein Kind aus dem Viertel war das, ein Junge von neun oder zehn Jahren, der auch Luigi hieß, aber Gigi genannt wurde und dessen Bekanntschaft Herr Luigi vor dem Stacheldrahtzaun machte. Herr Luigi nämlich beobachtete einmal, wie ein Kind versuchte, unter dem Zaun hindurchzukriechen, wozu es sehr lange brauchte, weil immer jemand in der Nähe war, ein Freund seines Vaters, ein Carabiniere oder eine der bananenspendenden alten Damen. Schließlich aber gelang es dem Jungen, sich wie eine Ratte unter dem Zaun hindurch durch die Erde zu graben. Jenseits des Zaunes angelangt, wartete er, bis die Aufmerksamkeit der Bewacher durch irgendein Ereignis am Tor abgelenkt wurde. Er begab sich dann, geduckt und in raschen Sprüngen, ins Innere der Einfriedung, um hinter einem der Wagen Deckung zu suchen. Danach versuchte er, den Zaungästen nicht mehr sichtbar, sich nützlich zu machen. Denn Herr Luigi, der sehr scharfe Augen hatte, hat unter einem schwankenden Heuballen nackte braune Beine mit Ringelsöckchen und an einem Pferdehals eine kleine dunkle, mit einem Striegel bewaffnete Hand erkannt.

Solange nachts noch der Schimmel bewegt wurde, hielt sich der Junge meist in der Nähe des Schulreiters auf. Herr Luigi sah ihn da mehrmals, lachend und mit zurückgeworfenen Haaren, auf dem Rücken des Schimmels stehen, zwischen den Lorbeerbüschen tauchte er auf und verschwand wieder und legte Runde um Runde, in immer schnellerer Gangart zurück. Später gesellte er sich zu dem Tulpenmann, der ihm, wie es schien, auch eine Art von Unterricht gab, ihn Bälle in die Luft werfen ließ, die am ausgestreckten Arm wieder herunterrollen sollten. Über diesen Anblick vergaß Herr Luigi, der in seinem Lüsterrock spät abends noch schwitzend am Zaun stand, zuweilen seinen eigenen, fünfzigjährigen und durch Büroarbeit verkrümmten Körper und wurde, was er immer hätte sein mögen, ein Knabe, der mit dem fahrenden Volk zieht und der, während er zu allerlei niederen Diensten verwendet wird, sich heimlich eine ›Nummer‹ einstudiert, mit der er die Leute von der Truppe eines Tages überrascht. Dabei wußte Herr Luigi doch schon, daß auch seinem kleinen Namensvetter dieses beneidenswerte Los nicht bestimmt war, daß vielmehr in einigen Tagen alles zu Ende sein würde, wie es ja auch, ich sagte das schon, wirklich zu Ende ging. Ferragosto kam, die Hundstage, da verlassen so gut wie alle Römer die Stadt. Als die Wagen abtransportiert wurden und der Zaun verschwand, gab es fast keine Zuschauer, und Herr Luigi sah auch den Knaben, diesen kleinen eifrigen Schüler, nicht mehr.

Er ist ihm aber wenig später noch einmal begegnet und an ebendemselben Ort. Herr Luigi nämlich hatte sich so sehr daran gewöhnt, nach seinen Bürostunden den großen Platz bei der Pyramide und dem alten Stadttor aufzusuchen, daß er diese Gewohnheit noch eine Weile beibehielt. Er trank auf der kleinen Bahnstation seinen Grappa, und dann streifte er in der nun schon früher hereinbrechenden Dunkelheit auf dem mit wilden Kamillen und allerlei Unkraut bewachsenen öden Gelände umher. Es ist dort nicht ganz dunkel, von den hellen Bogenlampen der Autostraßen fällt auch auf diese unwegsame und sogar schauerliche Wildnis ein wenig Licht. Eines Abends, der Oktober war da schon angebrochen, sah Herr Luigi in einer Sandgrube etwas glitzern und sich bewegen. Er erschrak und rieb sich die Augen, und unwillkürlich versteckte er sich hinter einem Gebüsch. Denn in der Sandgrube stand, wie Herr Luigi zuerst meinte, der Tulpenmann und warf seine Bälle, eine Geistererscheinung also, der Geist des gestorbenen Circus, der von seinen alten Spielen nicht lassen konnte. Aber nach einigen Minuten der Panik sah Herr Luigi, daß der Ballwerfer keine Geistererscheinung war. Es war der Junge, dem der Artist vor seiner Abreise eines seiner Tulpenkostüme und einige seiner Bälle zurückgelassen hatte. Das Tulpenkleid war dem Kind viel zu groß, und die Bälle, statt in die kleinen Hände zurückzukehren, flogen noch oft in den roten Sand. Aber das Kind gab nicht auf. Es übte mit stiller und zäher Beharrlichkeit, und obwohl Herr Luigi sich jetzt ein paar Schritte vorwärts bewegte, bemerkte der Junge seinen Zuschauer nicht.

Mehr ist nicht zu sagen, und mehr hat auch Herr Luigi nicht gesagt. Sie können sich denken, daß er sich an jenem Abend,

ohne das Kind anzusprechen, fortgeschlichen hat und daß
er danach heiterer als sonst in sein trauriges Zuhause zu-
rückgekehrt ist. Es gab einen Schüler, und solange es noch
Schüler gibt, wird es auch mit den schwingenden Trapezen,
den fliegenden Bällen und, ganz allgemein ausgedrückt, mit
dem Circus nicht zu Ende gehen.

Der Tunsch

Mit seinen Melkern und Knechten, rauhen und stumpfen
älteren Männern, vertrug sich der Senne nicht schlecht. Sie
machten sich lustig über den jungen Mann, der ihnen von
der landwirtschaftlichen Hochschule geschickt worden war,
mußten aber anerkennen, daß er von seinem Fach und besonders von den neuerdings in Gebrauch genommenen Ma-
schinen etwas verstand. Wenn sie in ihrer Freizeit sangen
und Karten spielten, blieb der Senne wohl in der ersten
Zeit bei ihnen sitzen und versuchte ihre Spiele und Lieder
zu lernen. Es waren aber kaum drei Wochen vergangen, da
litt es ihn nicht mehr in ihrer lauten Gesellschaft, er saß
abends allein vor der Hütte oder lief den steinigen Pfad
zum Grat hinauf und warf sich dort oben ins kurze Gras.
Am Morgen höhnten die Männer, sie glaubten, daß es der
Junge ohne Mädchen nicht aushielte, und, mach dir doch
eine, riefen sie ihm, zu seinem Erstaunen, des öfteren zu.
Was das heißen sollte, wollte der Junge endlich wissen und
wurde auf den nächsten Abend vertröstet, da wollten die
Männer es ihm sagen und ihm auch gleich die nötigen An-
weisungen geben.
Der nächste Abend war warm und düster, in die stickige
Hütte wollte diesmal keiner, Gewitterwände standen am
Himmel, und im Osten wetterleuchtete es schon. Der Junge
wurde aufgefordert, Bier auszugeben, und tat das auch, in
dem beginnenden Sturm saß man unter der Traufe am lan-

gen Tisch. Der Junge sah die Gesichter der Männer auftauchen und wieder verschwinden, sie kamen ihm vor wie Kobolde, hochschultrig, kropfig, mit Satyrnasen und Faunsaugen, in denen ein arger Schabernack spielte. Herr Doktor, so nannten sie ihn spaßhaft, und, weiß er das nicht, der Herr Doktor, sagte der eine, und, Zeit, daß wir es ihm beibringen, der zweite, und die übrigen kicherten und stießen sich an. Eine Puppe sollte er sich kneten, aus dem Brotteig, der gärend schon in der Backmulde lag, er würde das schon fertigbringen, er sei doch geschickt. Was er denn anfangen solle, fragte der Junge unlustig, mit einer Teigpuppe, einem stummen, klebrigen Ding. Aber, wer spricht denn von stumm, wer spricht denn von tot, erwiderten die Knechte, man muß ihr nur Augen machen, der Brotmasse, und eine Nase und einen Mund. Mit den Augen wird sie dich anschauen, mit dem Mund wird sie reden, besser als einer von uns. Nur getauft muß sie werden, mit echtem Weihwasser, und das Kreuz über sie geschlagen, dann fängt sie schon an zu erzählen und wird nicht mehr still, bis der Sommer vorüber ist und wir die Herde heimtreiben ins Dorf.

Mit diesen Worten zog einer der Melker, ein Buckliger, aus dem Hosensack eine Flasche, kein Schnaps war darin, sondern Wasser, und er sagte auch gleich, wo er es herhatte, nämlich aus der Kirche Maria Schnee, dahin waren es auf Kraxelpfaden zwei Stunden und fünfe zurück, und der Junge hätte den Mann wegen seines Fernbleibens von der Arbeit zur Rede stellen müssen, es kam ihm aber kein Wort über die Lippen, den Kopf auf die Hände gestützt, saß er schweigend am Tisch. Die Knechte gingen ins Haus und kamen wieder, sie brachten den Brotteig, dicke Patzen, die schon Blasen warfen, und türmten ihn auf die Eichenplatte, widerwillig genug griff der Junge hinein. Er hatte aber, wie er sagte, von klein auf Lust am Formen und Kneten gehabt, und so sahen die Männer schon auch bald, wie seine Hände sich rührten, wie sie zusammenballten und glattstrichen, einen Leib bildeten mit langen Beinen, da lag er, weiß wie ein Leichnam, schon auf dem Tisch. Es war aber keine Frau, sondern ein Jüngling, und wie der Senn ihm ein Gesicht geben sollte, wurde es ein Knabengesicht, das unter der in einem Drahthäuschen hin- und herschwankenden elektrischen Birne geheimnisvolles Leben gewann. Die Knechte machten nun tatsächlich das Kreuzzeichen über die Puppe, und der Bucklige bespritzte sie mit dem Wasser aus der Flasche, wozu er allerlei Unsinniges murmelte, Reimsprüche, die niemand verstand. Die Puppe wurde, auf das Weihwasser und die Reimsprüche hin, keineswegs lebendig, es fiel ihr, als der Junge sie ins Zimmer trug und sie auf das alte Roßhaarsofa setzte, der Kopf auf die Schulter, man mußte sie mit Kissen stützen, sonst wäre sie umgefallen. Nun, sagte der Junge höhnisch, hört ihr ihn sprechen, sieht er euch an? Aber da waren die Männer schon verschwunden, in der Schlafkammer ließen sie sich auf die Betten fallen und riefen nur noch, warte, warte, während der letzte seine Nagelschuhe gegen die Holzwand warf und der erste schon schlief.

Alles hier Geschilderte hat der Polizeibeamte von den Knechten erfahren, als sie in die Kreisstadt kamen, um den Tod des Sennen anzusagen, einen, wie sie behaupteten, gewaltsamen Tod. Der Beamte hat aber danach noch weiter gefragt und herausbekommen, daß in jener Nacht die Knechte doch nicht geschlafen haben, jedenfalls nicht die ganze Zeit. Vielmehr hatten sie den Jungen reden hören und auch gehört, daß eine Stimme, die Stimme eines jungen Mannes, ihm Antwort gegeben hatte. Und nun wollten sie wissen, daß dieser junge Mann kein anderer als die zum Leben erweckte Teigpuppe gewesen sei. Es sei sonst niemand in der Hütte oder in der Nähe gewesen, von ihnen sei auch keiner aufgestanden und in die Stube gegangen, und es habe auch keiner von ihnen so reden können, so fein und leise wie der Junge selbst.

Was sie denn geredet hätten, die beiden, fragte der Beamte, in dieser Nacht und in allen folgenden Nächten, aber darauf gaben die Knechte nur die Antwort, das hätten sie nicht verstehen können, es sei ihnen zu hoch gewesen, gelehrtes Zeug. Ob denn alle Teigpuppen gelehrtes Zeug redeten,

fragte der Beamte, und die Knechte antworteten nein, es komme eben darauf an, wer die Puppe herstelle, und wenn einer von ihnen das Ding geknetet hätte, so wäre es gewiß wie einer von ihnen geworden, hätte geflucht und gesungen und Karten gespielt. Aber so einen hätte der Junge eben nicht brauchen können, so ein Vieh.
Der Beamte schüttelte den Kopf, er wollte jetzt wissen, was mit der Puppe geschehen sei und ob sie etwa in Abwesenheit des Sennen auch einmal mit einem von ihnen geredet hätte. Nein, sagte der Bucklige, der sich zum Sprecher für alle gemacht hatte, das habe die Puppe nicht getan, sie habe den ganzen Tag über leblos in der Sofaecke gelegen und sich nicht gerührt. Auf die Frage, ob sie denn nicht neugierig gewesen seien, antwortete der Bucklige, neugierig seien sie wohl gewesen, sie hätten aber auch Angst gehabt, und, wie sich ja herausgestellt habe, mit Recht.
Dem Beamten wurde es zuviel, er preßte seine Hände gegen die Ohren, das könnten sie doch nicht im Ernst behaupten, daß die Puppe mit dem Sennen gesprochen und ihn am Ende umgebracht habe. Die Knechte sagten aber, ja, doch, das habe sie, denn von ihnen sei es keiner gewesen und ein Fremder käme in der Nacht nicht auf die Alm.
Danach berichteten die Männer von einem militärischen Hubschrauber, den sowohl das mit der Herde talwärts wandernde Trüpplein wie auch der Senne gesehen hatte, der in diesem Augenblick noch lebend vor der Hütte gestanden und der Besatzung heraufgewinkt habe.
Von einer Wegbiegung, der letzten, von der aus man die Almhütte noch erblicken konnte, hatten auch die Knechte sich noch einmal umgesehen, weil der Senn versprochen gehabt hatte, gleich nachzukommen, aber nicht nachgekommen war. Als der Beamte gespannt fragte, was sie denn da gesehen hatten, gaben sie eine Antwort, die er nicht verstand. Die Haut natürlich, sagten sie nämlich, und erklärten am Ende, was sie damit meinten, die Haut des Sennen, die, ihm vom Körper gezogen, am Giebel des Hüttendaches geflattert sei.
Der Beamte meinte es mit Verrückten zu tun zu haben,

vier Verrückte, ein kleines Irrenhaus, und in ein großes, richtiges hätte er die Männer am liebsten gesteckt. Er blieb aber geduldig, sagte, einen Augenblick bitte, und telefonierte mit seiner vorgesetzten Dienststelle, er beschrieb, nachdem er sich bei den Männern nochmals genau nach dem Tatort erkundigt hatte, den Weg, ein Jeep der Polizei sollte hinauffahren und sofort. Bis der Wagen zurückkam, würden einige Stunden vergehen, und der Beamte hatte Lust, die vier wegzuschicken, in die Zelle oder spazieren, sie sahen nicht aus, als wollten sie sich jetzt noch aus dem Staube machen. Schließlich hieß er drei von ihnen gehen und behielt nur den Buckligen da. Es war heiß im Zimmer, der Beamte war bei dem unklaren Bericht der Männer müde geworden. Er fing dann aber doch noch einmal an zu fragen, und der Bucklige, der nicht im geringsten erschöpft schien, gab auch Antwort, aber immer auf dieselbe starrsinnige Weise. Es sei, sagte er, immer so gewesen, daß der Tunsch am Ende dem Sennen an den Kragen wolle, und sie, die Knechte, hätten das auch gewußt. Sie hätten aber vor allem daran gedacht, ihr eigenes Leben in Sicherheit zu bringen. Was das nun wieder sei, der Tunsch, wollte der Beamte wissen, und der Bucklige sagte, so würde die Puppe genannt. Mann, sagte der Beamte, Sie können doch das alles nicht im Ernst glauben, es wird noch jemand da oben gewesen sein, den ihr nicht gesehen habt, ein Landstreicher, der es auf die Kasse des Sennen abgesehen hat. Der Bucklige gab zu, daß der Senne eine Menge Geld, die Einnahmen des ganzen Sommers, bei sich gehabt und in einem ledernen Beutel verwahrt habe, und diesen ledernen Beutel habe er in einer Stahlkassette verschlossen gehalten.

Nun also, sagte der Beamte, wenn das Geld gestohlen ist, ist die Sache klar. Er telefonierte wieder, ließ Bier kommen und schenkte auch dem Buckligen ein. Das Geld wird da sein, sagte der Bucklige ruhig, der Tunsch will kein Geld, sondern Blut. Woher er das wisse, fragte der Beamte, und der Bucklige sagte, von seinem Vater, und sein Vater habe es wieder von seinem Vater gewußt.

Der Beamte hätte jetzt zum Mittagessen nach Hause gehen

sollen, aber er ging noch nicht. Es soll da etwas vertuscht werden, dachte er, die Männer selbst haben den Sennen umgebracht, aber nur einen Teil des Geldes an sich genommen, und er blickte den Buckligen mißtrauisch an. Dann hob er, weil das Telefon summte, den Hörer ab. Man habe, so wurde ihm gesagt, inzwischen den Hubschrauber ausfindig gemacht und die drei Mann, die darin gesessen hatten, und einen dieser Männer bekam er schließlich auch an den Apparat. Ist es wahr, fragte er, daß Sie gestern ein paar hundert Meter unter der Hörnlesalp eine Herde gesehen haben, die zu Tal getrieben wurde, und Männer, und wie viele Männer haben Sie gesehen? Vier, sagte der Mann von der Luftwaffe, ohne zu zögern, ich erinnere mich genau. Es war gestern sehr klar, und wir sind tief geflogen, wir haben sogar die Gesichter der Männer deutlich gesehen. Und sonst, fragte der Beamte, haben Sie nichts gesehen? Doch, antwortete der Unteroffizier, der eine helle junge Stimme hatte, vor der Almhütte haben wir noch einen Mann stehen sehen, der ein weißes Hemd anhatte. Der Mann war offenbar damit beschäftigt, die Läden der Hütte dicht zu machen und die Tür zu verschließen. Er hat zu uns heraufgesehen und mit der Hand gewinkt. Waren es, fragte der Beamte, vielleicht zwei Männer, die vor der Hütte standen? Aber der Unteroffizier sagte, er habe nur den einen gesehen.

Der Beamte bedankte sich und hängte ein, und dann fragte er den Buckligen, ob es in der Hütte einen Telefonanschluß gäbe, aber den gab es natürlich nicht. Vielleicht, sagte der Beamte, ist der Senn überhaupt nicht tot, ich höre eben, daß er ein weißes Hemd anhatte, vielleicht ist er vor dem Weggehen noch einmal aufs Dach gestiegen, und Sie haben sein weißes Hemd gesehen. Der Bucklige trank sein Bier aus und schüttelte den Kopf. Er sagte, der Beamte könne ja in dem Dorf anrufen, zu dem die Herde gehörte, ein Senn geht auf jeden Fall zuerst dorthin zum Abrechnen, und wenn der Junge am Leben sei, müsse er längst dort angekommen sein. Der Beamte ließ sich mit dem Bürgermeister des Dorfes verbinden, die Kühe waren, von den Knechten bis zum Dorfeingang gebracht, allein in ihre Ställe gelau-

fen. Den jungen Sennen hatte niemand gesehen. Seine
Adresse in der Stadt war aber bekannt, und der Beamte
telefonierte auch dorthin, er sprach mit dem Vater des Jungen, vorsichtig, um ihn nicht zu erschrecken, nein, der Junge
war noch nicht nach Hause gekommen, und er hatte auch
keine Nachricht gegeben.
Der Beamte hatte nach diesen Telefongesprächen keine Lust
mehr, zum Essen zu gehen, die Zeit war auch längst vorbei,
es war jetzt beinahe vier Uhr. Während der Bucklige vor
sich hindöste, erledigte der Beamte, was er sonst noch zu
erledigen hatte, er verließ auch einige Male das Zimmer und
fand beim Zurückkommen den Buckligen immer in derselben Stellung und mit demselben Ausdruck eines dumpfen
Staunens auf dem Gesicht. Gegen sechs Uhr kam ein Anruf
von einem Berggasthof, in dem sich offenbar der der Hütte
zunächst gelegene Telefonanschluß befand. Der Polizist, der
mit dem Jeep zur Alm heraufgefahren war, verlangte den
Beamten zu sprechen, und der Beamte sagte, ja, ich bin es,
was haben Sie gefunden, wahrscheinlich gar nichts, und
hörte dann zu und starrte dabei den Buckligen an.
Die Polizisten hatten schon von weitem etwas Weißes flattern sehen, wie ein Signal oder ein Segel, das Weiße hatte
an der Klinke der Hüttentür gehangen und war das Hemd
des Sennen gewesen, und der Senne hätte vor der Tür am
Boden gelegen, ohne sichtbare Wunden oder Würgspuren,
aber tot. Ob sie ihn herunterschaffen sollten, fragte der
Wachtmeister, und der Beamte sagte, nein, auf keinen Fall.
Er wolle hinaufkommen, und sie sollten inzwischen die
Nachbarschaft der Hütte gründlich untersuchen.
Es dauerte eine Weile, bis der Beamte, begleitet von einem
Gerichtsmediziner, einem Photographen und einem Polizeihund, losfahren konnte. Auch den Buckligen nahm er am
Ende noch mit. Als die Männer die Alm erreichten, war es
stockfinster, der schmale steinige Weg war sehr schwer zu
befahren gewesen, zudem gefährlich, und dem Beamten
stand der Schweiß auf der Stirn. Er hatte unterwegs den
Buckligen noch einmal verhört, immer dieselben Fragen,
war niemand in der Nähe, es muß doch jemand in der Nähe

gewesen sein, ein Mensch, habt ihr keinen gesehen? Der Bucklige war dabei geblieben, daß kein Fremder auf die Alm gekommen sei und daß der Senn außer mit der Teigpuppe mit niemandem geredet habe. Verfluchter Aberglaube, hatte der Beamte gemurmelt und hinzugefügt, wir werden schon sehen. Was die vier Männer dann im Schein einer Stablampe zu sehen bekamen, war aber nur der Tote, der noch immer vor der Schwelle der Hütte ausgestreckt lag, und sein Hemd, das die Polizisten vorsichtig auf dem Tisch ausgebreitet hatten. In der Hütte befand sich nichts, was der Mörder etwa hätte zurückgelassen haben können, und es war in den sauber aufgeräumten Stuben überhaupt nur ein einziger merkwürdiger Gegenstand, nämlich die auf dem Sofa liegende Teigpuppe, zu sehen.

Der war's, sagte der Bucklige, wies aber nur mit dem Finger und weigerte sich, die Hütte zu betreten, er wollte, auch als die Männer die gebrechliche, mit einer alten Hose bekleidete Gestalt auf einer Tragbahre, wie vorher schon den Toten, in den Wagen schafften, nicht Hand anlegen. Zuvor hatte man mit Blitzlicht und starken Lampen Aufnahmen gemacht, hatte auch den Hund an die Leiche geführt und ihn dann zur Spurensuche freigelassen, er kreiste aber nur um die Hütte und knurrte den Buckligen an. Der Beamte saß jetzt auf der Bank, in der dünnen Luft machte ihm sein Herz zu schaffen. Es wurde langsam hell, der Gletscher begann zu leuchten, und ein Streifen Morgenrot lag wie ein feuriger Riegel über dem Ausgang des Tals.

Die Gerichtsverhandlung, zu der viele Zeugen geladen waren, soll hier im einzelnen nicht geschildert werden. Der Junge war zu dieser Zeit schon längst begraben, die Todesursache hatten auch die Mediziner nicht herausgebracht, man hatte alles Mögliche vermutet und sogar auch an einen Blitzschlag, den berühmten Blitz aus heiterem Himmel, gedacht. Der Vater des Sennen hatte nicht nur seinen toten Sohn, sondern auch den von jenem geformten schlaffen Teigjüngling genau angesehen und in diesem das Abbild eines ehemaligen Mitschülers des Jungen erkannt. Der Richter hatte den Namen dieses Mitschülers zu den Akten genommen,

übrigens auf Wunsch des Polizeibeamten, der sich seit jener
Nacht im Hochgebirge seine Gedanken machte. Noch einmal
wurden die Zeugen ausgefragt, wer da etwa vor dem
Tode des Jungen landstreichend in der Gegend gesehen
worden war. Es war aber niemand gesehen worden, und
niemand hatte auf den Almhütten und in den Berggasthöfen
ein Obdach, Brot oder Wasser verlangt. Kein Hund war
mitten in der Nacht unruhig geworden, und in dem feuchten
Schlamm der Furten hatte niemand die Spuren fremder
Nagelschuhe entdeckt. Die Hubschrauberleute wurden nochmals
vernommen und die Knechte, alle vier, ausgefragt, der
Bucklige wiederholte seine Aussagen, und die andern stammelten
und grunzten, sie hatten offensichtlich ein schlechtes
Gewissen, ohne doch an dem Tode des Jungen eigentlich
schuld zu sein. Der Vater des Sennen, Schullehrer und Witwer,
wußte nichts von Feinden, die sein Sohn etwa gehabt
habe, er schilderte den Toten als einen verträglichen und
freundlichen Menschen, eine Beurteilung, die von vielen
anderen Zeugen bestätigt wurde. Der Anklagevertreter
fragte verbissen weiter; daß der Geldbeutel unangetastet
gefunden worden war, galt ihm nichts. Der Täter konnte,
etwa durch das erneute Auftauchen des Hubschraubers gestört,
das Weite gesucht haben, er konnte eines Tages hier
oder dort wieder auftauchen und Schrecken verbreiten. Aber
die Anklage lautete gegen Unbekannt, und dieser Unbekannte,
der sich einen alten Aberglauben offensichtlich zunutze
gemacht hatte, trat auch in den folgenden Wochen
aus dem Dunkel nicht hervor. Auf den Gedanken, daß der
von dem Sennen abgebildete junge Mensch bei dem Ganzen
eine Rolle gespielt haben könnte, kam nur der Polizeibeamte,
der, als die Verhandlung vertagt worden war, seine
Spur verfolgte und eine Reihe von weiteren Zeugen ausfindig
machte, die über das Verhältnis der beiden jungen Leute
etwas auszusagen hatten. Was man von diesen Zeugen erfuhr,
war, daß zwischen dem Jungen und dem Urbild der
Puppe während des letzten Hochschuljahres eine Art von
Haßliebe bestanden hatte. Wann immer die beiden zusammengekommen
waren, seien sie sogleich auf eine hitzige und

maßlose Weise in Streit geraten. Es war dabei auch einmal um ein Mädchen, aber doch meistens um andere Dinge, politische und sogar theologische Fragen gegangen. Man habe das Gefühl gehabt, daß die beiden zwar Todfeinde gewesen seien, aber nicht voneinander hätten lassen können, und es sei eigentlich jeder, der sie gekannt habe, erleichtert gewesen, als die gemeinsame Studienzeit zu Ende gegangen sei. Der Freund oder Feind des Jungen, vom Gericht nun ebenfalls vorgeladen, erschien nicht. In dem Ort, in dem er gewohnt hatte, war er nicht abgemeldet, aber man fand ihn dort nicht vor. Der Beamte, der, auf die Aussagen der Lehrer und Mitschüler des Jungen hin, davon überzeugt war, daß kein anderer als der Geliebte und Gehaßte den Jungen auf der Alm aufgesucht hatte, von diesem versteckt worden war und ihn schließlich ums Leben gebracht hatte, setzte den Polizeiapparat in Bewegung und dehnte endlich seine Nachforschungen auch auf das Ausland aus.
Eines Tages, es war jetzt schon Winter, und über den fernen Gebirgen lagen dicke Schneewolken, wurde der Beamte von der Interpol angerufen. Der Gesuchte war ausfindig gemacht worden, zumindest sein letzter Aufenthaltsort, der in Südspanien lag. Er war aber dort vor einiger Zeit gestorben und auf eine nicht völlig geklärte Art. Und wann, fragte der Beamte leise. Es war niemand im Zimmer, er glaubte aber am Fenster den Buckligen sitzen und ihn spöttisch anstarren zu sehen. Einen Augenblick, sagte der Anrufer und blätterte hörbar in seinen Papieren, ja, da steht es, es war im September, am 15. September genau. Der Beamte bedankte sich, er griff nach dem Aktenbündel Mordsache Almhütte, das noch immer auf seinem Schreibtisch lag, und vergewisserte sich, daß an demselben Tage auch der Senn gestorben war. Dann trug er die ihm eben gemachte Mitteilung ein. In seinem Bericht an die Staatsanwaltschaft vertrat er die Ansicht, daß der Fall damit abgeschlossen sei. Er verbrachte aber seinen nächsten Sommerurlaub in der Nähe jener Almhütte und lernte dort einiges kennen, den schaurigen Hall des Echos in den Schluchten, die eisige Klarheit der Abende auf den Graten und das Nebelmeer, das zuwei-

len ganz schnell aufsteigt und die untere Welt vollkommen verhüllt. Er sprach auch oft mit den Männern, die dort oben die Kühe molken und den Käse zubereiteten und die dieselben waren wie im vergangenen Jahr. Nur der Senne natürlich war ein anderer, und kein Studierter diesmal, sondern ein Bauernsohn mit schwarzen, kurz geschnittenen Haaren und einem lustigen roten Gesicht.

Silberne Mandeln

Das Programm des feierlichen Tages stand schon seit Wochen in allen Einzelheiten fest. Messe und besonderer Segen für die Silberbrautleute, danach zu Hause die Gratulationen, großes Betrachten der Geschenke, Anbieten von Wermut und Gebäck, wenn alle beisammen sind, Abfahrt in die Campagna auf das Gebirge zu. Mittagessen in Albano, Leute, die jung geheiratet haben, sind auch bei der Silberhochzeit noch nicht alt, haben keine grauen Haare, keine Kreislaufstörungen, die ihnen das gute Essen und Trinken verbieten. Also wird man jetzt Spaghetti alla Bolognese essen, aber vorher noch Antipasto, scharfe rote Wurstscheibchen, Oliven, gesalzenen Lachs. Danach Pollo alla Cacciatore, zerhackte Hühner mit viel scharfem rotem Paprika, Kalbfleisch in Kapernsoße, schließlich Zuppa inglese, diesen Biskuitkuchen, der mit Rum durchtränkt ist wie ein nasser Schwamm, Kaffee und dazu Silbermandeln, nicht zu vergessen den Wein, verschiedene goldgelbe Castelliweine und Süßweine und Astispumante, und mit dem Kaffee wird man den Wein unschädlich machen, und mit dem Wein den Kaffee. Nach dem Essen, das gewiß einige Stunden in Anspruch nehmen wird, wird man auf der neuen Touristenstraße um den See fahren, auch irgendwo aussteigen und zu Fuß gehen, wenn das Wetter gut ist, aber warum sollte es nicht gut sein im Monat Mai. Einige Schritte auf einem Waldweg, mit den Kindern

Ball spielen, ein Kofferradio wird auch mitgenommen, und der Vetter Mauro hat dazu noch ein ganz kleines japanisches, das trägt er in der Hosentasche und erschreckt damit die Leute, ein Bauchsänger, eine wandelnde Musik.
Nach dem Spaziergang wird es zu heiß sein oder zu kalt, jedenfalls wird man noch einmal einkehren, in Marino, vielleicht auch in Castelgandolfo, dem Sommersitz des Papstes, wo sich dann das letzte Vorhaben des Tages abspielen wird und das wichtigste für Concetta, aber gerade weil es das wichtigste ist, hat sie es nicht auf ihr Programm geschrieben und redet davon nichts. Sie hat nur mit ihrem Beichtvater gesprochen, und der Beichtvater hat telefoniert und gesagt, jawohl, das wäre zu machen, sie müsse sich nur pünktlich einfinden, aber warum auch nicht pünktlich, ein Tag ist lang.
Das Essenbestellen und in dieser gewissen Angelegenheit mit dem Beichtvater Verhandeln, das sind nicht die einzigen Vorbereitungen, die Concetta für ihre silberne Hochzeit treffen muß. Alle Geschenke, die sie im Lauf ihres Lebens bekommen hat, die versilberte Vase, die goldenen Kettchen und Armbänder, die schon so oft ins Leihhaus gewandert und wieder ausgelöst worden sind, müssen glänzend poliert, der Strauß aus Wachsblumen, Tulpen und Narzissen muß abgestaubt, die Fliesen müssen mit Schwefelwasser gewaschen werden, schon flattert das durchbrochene und gestickte Tischtuch mit den dazu passenden Servietten frisch gewaschen auf der Dachterrasse im Wind. Der Schmuck, den Concetta an diesem Tage zu tragen gedenkt, darf nicht aus eigenem Besitz stammen, es läge sonst zu wenig auf dem Gabentisch, den die Verwandten und Bekannten bestaunen sollen, silberne Hochzeit ist nicht wie grüne Hochzeit, da zeigt sich, wie man geschätzt wird und was man den andern wert ist und damit sich selbst. Also macht Concetta, sobald sie das Tischtuch und die Servietten zum Trocknen aufgehängt hat, einen Rundgang, eine Rundfahrt vielmehr, jetzt mit der Circolare, jetzt mit dem Autobus, jetzt wieder mit der Elektrischen, jetzt ein Stückchen zu Fuß. Die Damen, bei denen Concetta früher einmal aufgeräumt oder Wäsche gewaschen hat, sind alle zu Hause, was für eine Freude, Con-

cetta, und silberne Hochzeit, und schon wird der Tag in roten und grünen Kalenderchen notiert. Concetta lädt ein, in die Kirche, zum Gratulationsempfang, sie überschlägt in Gedanken die Geschenke, die zu erwarten sind, sie fragt nach den Kindern, den Brüdern, den Schwestern, sie geht noch nicht. Sie kennt die Schmuckkästchen der Damen, feine Lederetuis mit Samteinlage, oder auch nur Seifenschachteln mit rosa Watte, und könnte sie nicht etwas geliehen bekommen, ein Stück nur für ihre Silberhochzeit, hier das Madönnchen am Goldkettchen, hier das glatte Schlänglein mit den Rubinaugen, hier das Armband aus Filigran. Die Damen sind freundlich, sie leihen gerne, warum denn auch nicht. Leb wohl, Concetta, viel Glück Concetta, und Concetta, die das sorgfältig in Seidenpapier gewickelte Schmuckstück in ihrer tiefen Handtasche hat verschwinden lassen, läuft die Treppe hinunter und dem nächsten Verkehrsmittel zu. In der Innenstadt geht sie noch zu dem Konditor, der Spezialist für Hochzeitsmandeln ist. Die niedlichen Gefäße, in denen das Zuckerwerk an alle Gratulanten verschenkt wird, werden von ihm gleich mitgeliefert, Concetta soll aussuchen und gerät in Verzweiflung, weil sie eines so schön findet, das mit Rokokodämchen bemalt ist, aber sie entscheidet sich am Ende vernünftig für das preiswerte aus dickem übersponnenem Glas. Schließlich sind sie arme Leute, die Druckerei, in der ihr Mann arbeitet, zahlt nicht viel, erst seit der siebzehnjährige Paolino mitverdient, geht es ihnen besser. Erst seitdem haben sie statt des einen Zimmers die Wohnung, in der sich freilich außer den Betten, dem Schrank und der Fernsehtruhe so gut wie nichts befindet, so daß man für den Festtag auch noch Möbel ausleihen muß. Von dem Süßwarengeschäft fährt Concetta direkt nach Hause, wo auf der Treppe schon die Schneiderin wartet, keine richtige natürlich, sondern eine Bekannte, die nähen kann. Die goldbraune Seide zum Festkleid ist ein Geschenk von Concettas letzter Dienstherrin, die aus diesem Grunde, also aus reiner Vornehmheit, von der Liste der Schmuckverleiherinnen gestrichen worden ist. Bice, sagt Concetta, komm herein, ich bin tot, ich ersticke, und reißt sich die Schuhe ab, aus denen ihre

23

Füße quellen, und zerrt sich den Hüftgürtel vom Leib. Sie trinkt ein Glas Wasser, jetzt schon so eine Hitze, und wie soll das noch werden bis zum Donnerstag, und Bice, jetzt will ich es dir zeigen, das große Geschenk. Das große Geschenk hat Concetta selbst gekauft, es liegt hinter Francos Socken im Kleiderschrank, Concetta legt es sich einen Augenblick auf die nackten schwitzenden Schultern, sie steht schon im Unterrock, zur Anprobe bereit. In der Abendsonne, die durch das Fenster in den Spiegel fällt, leuchten die Marderfellchen und Concetta streichelt mit nassen Fingern das stark nach zoologischem Garten riechende goldene Haar. So heiß muß es ja nicht werden, es kann auch ein Gewitter geben, es kann regnen, einmal hat es im Mai sogar geschneit. Das fehlte noch, sagt Bice, den Mund voller Stecknadeln, und Concetta seufzt und legt den Pelz mit den aneinandergenähten Köpfchen beiseite. Das Wetter läßt sich nicht voraussagen, das Wetter macht Gott.
Gott macht das Wetter, er braut am Silberhochzeitstag einen zünftigen Scirocco, eine Dunstglocke voll zitternder Hitze, aber am Morgen ist das noch nicht zu bemerken, am Morgen geht alles gut. Die Gäste werden um neun Uhr abgeholt, vorher gibt es noch ein langes Verhandeln, drei Taxis mit je acht Insassen, die Polizei will das nicht haben, aber die Strafe ist billiger als ein weiteres Taxi, und wer weiß, vielleicht begegnet man keinem Polizisten, und wer weiß, vielleicht drückt der Polizist ein Auge zu. In der Kirche spielt die Orgel das Ave Maria, Concetta und Franco knien ganz vorne, Franco in seinem guten blauen Anzug und Concetta in der braunen Seide mit Jäckchen, die Marderköpfchen auf dem Rücken, die Fellchen rechts und links auf die Brust fallend, wie die Zöpfe, die sie als Mädchen trug. Die Orgel spielt auch noch den Hochzeitsmarsch aus dem Lohengrin, und währenddem spricht der Geistliche leise und eindringlich auf die von ihm neu Vermählten ein. Concetta hört zu, freundlich und ein wenig geringschätzig, macht sich Sorgen, ob zu Hause der Eismann gekommen ist und ob ihre vierzehnjährige Tochter Nanda nicht wieder unter ihren Kopfschmerzen zu leiden haben wird. Sie denkt auch,

das hier ist schön, aber was ich weiß, wird noch schöner, eine Überraschung für alle, wer hat das, wer kann das, ich bin auf den Gedanken gekommen, ich. Daheim ist der Gabentisch aufgebaut und erregt Bewunderung, die Blumen der Gäste werden ins Wasser gestellt, weißer Flieder, denkt Concetta, zweitausend Lire, elf rote Rosen fünfzehnhundert, ein Sträußchen Calendula, schäbig genug. Der Himmel hat sich umzogen, es ist schwül geworden. Die Gäste trinken Wermut mit Sprudelwasser, auch Franco und Concetta trinken und stoßen mit allen an. Der Sohn Paolino ist ein junger Mann, läßt sich unwillig abküssen, die Tochter Nanda verteilt die Glasschälchen mit den Silbermandeln, Concettas Brüder bekommen schon jetzt rote Gesichter und werden laut. Um 11.30 Uhr stehen die drei Taxis wieder vor dem Hause, alle drei sind mit Rundfunkempfängern ausgestattet, in allen dreien hört man dieselbe Musik, Musik zur Mittagsstunde, ein paar Lieder vom Festival in Nizza, die schon bekannt sind und mitgesungen werden, so laut, daß Concetta die Ohren gellen. Auf dem Weg nach Albano, der dadurch abwechslungsreicher gestaltet wird, daß auf Geheiß der Fahrgäste die Chauffeure mitten in dem hektischen Verkehr der Ausfallstraße ein Wettrennen veranstalten, wird zweimal gerastet und in ländlichen Osterien Wein getrunken. Man fährt auf der Via Appia, der Jasmin hinter den Gartenmauern blüht. In einer der Wirtschaften wird photographiert, das Silberpaar allein und mit den Kindern und mit den Verwandten, und Concetta achtet darauf, daß auf der Photographie auch aller Schmuck zu sehen ist, das Madönnchen, die goldene Schlange, die Korallenohrringe und das Armband aus Filigran.
Beim Essen in Albano sitzt man fast drei Stunden. Paolino hält etwas verlegen eine kleine Rede auf seine Eltern, Nanda kichert, Concettas Brüder haben ihre Frauen ausgetauscht und blasen ihnen weinfeuchte Küsse ins Ohr. Wenn ihr wüßtet, denkt Concetta, zwischen Kalbfleisch und süßer Speise, wenn ihr wüßtet, was uns noch erwartet, und trinkt etwas weniger als die andern, ißt aber von allen Gerichten, schwillt rundherum an und kann doch hier den Hüftgürtel nicht aus-

ziehen, nur die Lackschuhe heimlich unter dem Tisch. Gegen vier Uhr drängt sie zum Aufbruch, jetzt soll der Spaziergang gemacht werden, und er wird auch gemacht, hoch über dem unheimlichen Auge des Sees. Die kleinen Neffen und Nichten sollen Ball spielen, wollen aber nicht, erst eine Schafherde reißt sie aus ihrem Verdauungsstumpfsinn, da rennen sie den Schafen nach und sind nicht mehr zu sehen. Die Männer haben sich auf eine Felsplatte gesetzt und spielen Karten, die Vögel im jungen Kastanienlaub singen wie toll. Concetta auf ihren hohen Lackstöckeln muß den Kindern nachlaufen, Nanda hat nun wirklich ihr Kopfweh und macht sich am Bächlein Kompressen, alle andern machen nur Dummheiten, Concetta läuft und läuft, und die kleinen Marderpfoten klopfen ihr auf die Brust. Laß doch, ruft die Schwägerin, wir haben nichts zu versäumen, aber Concetta weiß, daß sie doch etwas zu versäumen hat. Sie rennt und schreit, kommt ihr kleinen Schätzchen, und schmutzig und außer Atem trotten die kleinen Schätze endlich an ihrer Hand zum Taxi zurück. Was für eine Hitze, sagen die Erwachsenen, die auch einsteigen, was für ein Durst. Auch Concetta hat eine trokkene Kehle und große feuchte Flecke unter den Achseln. Jetzt muß man noch den Kuckucksruf zählen, ach, er ruft unermüdlich, kein Ende des Lebens, kein Ende des Glücks. In Marino wird wieder haltgemacht und ausgestiegen und Wein getrunken, und erst dieser Wein steigt Concetta zu Kopf. Sie steht auf und torkelt, alle machen ihre Späße mit ihr. Sie setzt sich wieder hin und weiß nichts mehr, nicht, wie sie alle an diesen langen Tisch in der Laube gekommen sind, nicht, warum sie jetzt singt und mit ihrer Hand mit dem Schlangenring den Takt schlägt, nicht, warum der See vor ihren Augen aufsteigt und wieder zurücksinkt, auf und nieder, und die Kinder werfen silberne Mandeln über den Tisch. Concetta hat das Gefühl, etwas tun zu müssen, etwas sehr Wichtiges, aber sie kann sich an nichts erinnern, ist mit einem Mal so müde und spielt mit ihren Zöpfen, Franco, den sie schon als Buben gekannt hat, hat sie ihr einmal fest um den Hals geschlungen, wart nur, jetzt erwürge ich dich. Damals war auch Frühling, rief auch der Kuckuck, meine

Zöpfe haben Krallen, kleine scharfe Krallen, und übel ist mir, ich muß mich übergeben, steh auf, Concetta, geh ins Haus. Sie steht nicht auf, die Übelkeit geht vorüber, dafür rollen ihr jetzt die Tränen über die Backen, weil sie plötzlich weiß, was sie noch vorgehabt an dem Tag, das Letzte, das Eigentliche, die Überraschung, aber sie weiß auch, es kann nichts mehr daraus werden, ihre Füße hängen klein und schwach an den mächtig angeschwollenen Beinen und tragen sie nicht. Auch die andern lehnen jetzt über den Tisch mit verquollenen Mondgesichtern, nur ein paar hundert Meter wären es gewesen bis zur Villa, nur hundert Schritte zum Balkon, von dem aus der Heilige Vater heute den Segen erteilte, für ausländische Pilger, gewiß. Aber Concetta hatte eine Sondererlaubnis, der Papst hätte sie gesegnet und Franco und Paolino und Nanda, mit seinem Segen an diesem Tage wären sie hundert Jahre alt geworden und immer gesund geblieben, Paolino und Nanda hätten geheiratet und ungezählte Söhne bekommen. Aber nun wurde es schon dunkel, kein Einlaß mehr in den Hof, und der Segen längst vorbei.

Was hast du, Mammina, fragt Nanda, und die Schwägerinnen rufen, sie weint, man muß ihr Kaffee bestellen, oder willst du ein Eis?

Wir fahren nach Hause, sagt Franco, und schon brechen alle auf, pferchen sich in die Taxis, die weinende Concetta kommt zwischen ihren Mann und ihre Schwägerin Rosa zu sitzen, sie hört nicht auf zu schluchzen, und als die drei Autos sich in Bewegung setzen, fängt sie sogar an zu schreien. Sie hat jetzt furchtbare Visionen von dem, was geschehen wird, von entsetzlichen Krankheiten, denen sie und Franco unter Qualen erliegen werden, Nanda wird geschändet, Paolino auf seiner Vespa von einem Lastauto zermalmt. Die Stadt, von der Atombombe vernichtet, liegt in Trümmern, die in ihrem Kalender abgebildeten Apokalyptischen Reiter galoppieren in den Wolken über die Schutthalden hin.

He, sei still, schreit Franco, er hat die feinen Bräutigamsmanieren abgelegt und fühlt sich wie ein Mann, der mit Männern getrunken hat, erhaben über alle Frauen der Welt.

27

Die Taxis rollen die albanischen Hügel hinunter, man sitzt
eng und heiß, streitet und tut bald auch das nicht mehr,
die fuchtelnden Hände kommen zur Ruhe, die Köpfe sinken
irgendwohin, auf eine schweißnasse Schulter, auf die
eigene Brust. So kommt es, daß außer den Fahrern, die an
einer Kreuzung plötzlich angehalten werden, von der ganzen
Hochzeitsgesellschaft niemand sieht, was da, von Polizistenarmen
abgeschirmt, vorübergleitet: Zwei Motorradfahrer
mit weißen Helmen, dann eine schwarze Limousine,
die ganz mit weißer Seide ausgeschlagen und von innen
erleuchtet ist, und darin der ebenfalls weißgekleidete müde
alte Mann, der durch die nachtschwarze Campagna nach
Rom zurückfährt und der von Zeit zu Zeit seine Hand zum
Segen erhebt.

Die Füße im Feuer

3. 9. Es wäre gewiß falsch, meinen augenblicklichen körperlichen
Zustand als Krankheit zu bezeichnen. Ich bin nicht
krank, ohne zu übertreiben kann ich behaupten, daß ich
mich nie besser gefühlt habe als in diesen Tagen. Ich sehe
gut aus, und während mein Gesicht früher am späten Abend
stark verfiel, bleibt es jetzt ohne jede kosmetische Nachhilfe
bis Mitternacht rosig und frisch. Auch meine Arbeitskraft
hat keineswegs nachgelassen. Wie, schon Feierabend, sage
ich, wenn es sechs Uhr schlägt – meine Kollegen im Büro
haben indessen schon viele Male gegähnt und auf die Uhr
gesehen. Mein Appetit ist gut, ich kann die schwersten Speisen
essen, ohne Magendrücken zu bekommen, und von den
Halsschmerzen, unter denen ich früher oft gelitten habe,
ist schon seit Monaten keine Rede mehr. Ich bin auch, obwohl
ich nicht mehr jung bin, ausgezeichnet zu Fuß. Erst vor kurzem
habe ich einen Spaziergang von vier Stunden gemacht,
ohne am nächsten Tag unter Muskelschmerzen zu leiden. Die

blauen Flecken, die ich seit einiger Zeit an meinen Armen und Beinen bemerke, können nichts zu bedeuten haben.

5. 9. Heute hat mich mein Friseur auf einen dieser Flecken aufmerksam gemacht. Ich war im Begriff, ihm eine neue Frisur zu erklären, wobei ich meine Hände über den Kopf hob, meine ohnehin nicht langen Blusenärmel fielen über die Ellbogen zurück. Das muß aber sehr weh getan haben, sagte der Friseur, und ich sah im Spiegel, wie er auf meinen rechten nackten Arm deutete, auf dem ein großer schwarzblauer Fleck ähnlich einer Eierfrucht sichtbar war. Der Anblick erschreckte mich nicht, ich bin an diese Verfärbungen meiner Haut bereits gewöhnt. Ich begreife darum nicht, weshalb ich auf die Frage des Friseurs, ob ich gefallen sei, nicht antwortete, ich kann mich an nichts erinnern, was der Wahrheit entsprochen hätte. Statt dessen habe ich hastig gesagt, jawohl, gefallen, und habe einen erfundenen Sturz in allen Einzelheiten beschrieben, wozu doch gar keine Veranlassung war. Immerhin kommt es gelegentlich vor, daß man eine Verletzung, einen Schlag oder Stoß augenblicklich wieder vergißt. Meine Erzählung muß denn auch recht unnatürlich geklungen haben. Jedenfalls sah mich Herr Alphons, so heißt der Friseur, im Spiegel besorgt, fast mißtrauisch an.

8. 9. Von dem Bluterguß am Ellbogen ist, nachdem mein Arm sich zuerst grün, dann kräftig gelb gefärbt hat, fast nichts mehr zu sehen. Dafür hat sich heute, als ich während des Kartoffelschälens zum Fenster hinaussah, zwischen den Schalen auf dem hübschen grünen Resopal meines Küchentisches ein Blutfleck gebildet. Es dauerte eine Weile, bis ich herausfand, daß die Ursache dieser sich rasch vergrößernden Lache ein Schnitt in meinem linken Handballen war. Es wunderte mich, daß ich von diesem recht tiefen Schnitt nichts gespürt hatte. Als ich die Wunde mit Jod behandelt und verbunden und die Kartoffeln abgewaschen hatte, schlug ich mir absichtlich mit der Faust aufs Schienbein. Es tat nicht im geringsten weh.

9. 9. Versuche wie die oben beschriebene sind kindisch und ohne jeden wissenschaftlichen Wert. Bekanntlich ist man ganz unbewußt immer darauf aus, sich zu schonen, so daß die

Kraft der zuschlagenden Faust von einer andern nicht weniger wirksamen Kraft aufgehalten oder abgeschwächt wird. Nur der äußerste Selbstvernichtungswille kann einen Menschen dazu treiben, sich ein Messer ins Herz zu stoßen. Von einem solchen Vernichtungswillen kann bei mir keine Rede sein. Die kleinen Versuche, die ich neuerdings anstelle, dienen nur der Erklärung der oben genannten merkwürdigen Erscheinungen, bei denen es übrigens nicht geblieben ist. So habe ich mir gestern, durch einen starken Niesreiz aufmerksam gemacht, mit Hilfe eines Spiegels in den Hals gesehen. Alle Schleimhäute waren, wie schon so oft bei Erkältungen, feuerrot. Trotz der heftigen Entzündung machte mir jedoch das Schlucken nicht die geringsten Beschwerden. Auch bei dem Versuch, statt weicher Speisen harte Brotkrusten und Nüsse zu essen, spürte ich, abgesehen von einer sozusagen mechanischen Schluckhemmung, nichts.

11. 9. In Begleitung meiner Freundin Clara habe ich heute eine Kunstausstellung besucht. Es war nicht das erste Mal, daß wir zusammen Bilder betrachteten, und wie immer hatte ich große Mühe, Clara die sogenannte abstrakte Malerei nahezubringen. Während ich sonst bei dieser Art von Überredung rasch erlahme, wurde ich heute immer redseliger, und soviel ich mich erinnere, sah Clara mich mehrmals recht erstaunt von der Seite an. Es mag sein, daß die Formulierungen, mit denen ich die alte ›gegenständliche‹ Kunst verdammte, etwas überspitzt geklungen haben. Ich erwähnte nämlich eine Reihe von Bildern, des vergangenen und sogar des jetzigen Jahrhunderts (den Mondscheingeiger von Hans Thoma, Böcklins Toteninsel, Kokoschkas Windsbraut, van Goghs Kornfeld mit Raben), und behauptete, daß diese Bilder auf eine allzu deutliche, ja fast unappetitliche Weise menschliche Empfindungen zum Ausdruck brächten. Von solchem Übermaß an Todestrauer, Einsamkeit und Wahnsinn sind die abstrakten Kompositionen frei. Sofern sie den Beschauer nicht gleichgültig lassen, erzeugen sie in ihm nur eine gewissermaßen unmenschliche Lust an Farben und Formen, die mit der menschlichen Existenz nichts zu tun haben und die sogar von den Dingen noch abgezogen sind. Nie-

mals habe ich diese Lust so stark empfunden wie heute. Niemals hat sie so nachhaltig in mir weitergewirkt.

12. 9. Ich frage mich, warum ich gestern, als ich mit Clara die Ausstellung verlassen hatte und wir durch den Park nach Hause gingen, meine körperliche Verfassung mit keinem Wort erwähnte. Wenn überhaupt jemand sich dafür interessierte, wäre es Clara gewesen, die ich seit vielen Jahren kenne und der ich kein äußeres oder inneres Unbehagen je verschwiegen habe. Als ich heute auf demselben Weg an derselben grauen Brunnenschale vorbeiging, fiel mir ein, daß ich ebendort mit ›Stell dir vor‹ und ›Findest du das nicht merkwürdig‹ tatsächlich anfangen wollte, Clara meinen Zustand zu schildern. Ich habe es aber dann doch nicht getan. Es mag sein, daß jede und selbst eine so positive Anomalität Widerwillen erregt, zumindest eine Befremdung hervorruft, die dann zwischen sich nahestehenden Menschen so etwas wie Fremdheit erzeugt.

15. 9. Auch den Gedanken, meinen Arzt aufzusuchen, habe ich verworfen. Zum Arzt geht man, wenn einem etwas weh tut. In jedem andern Falle würde man sich nur lächerlich machen. Ich kann trotzdem nicht leugnen, daß es mich neuerdings beunruhigt, keinen Schmerz mehr zu empfinden. Außerdem kommt es mir so vor, als sei diese körperliche Leidensunfähigkeit nur eine Etappe auf einem Wege, den ich schon lange, vielleicht schon vor Jahren eingeschlagen habe. Ich bin fast sicher, daß eine Durchsicht meiner alten Tagebücher meinen Verdacht bestätigen würde. Ich will mich aber mit diesen Dingen nicht beschäftigen. Schließlich kann ich ja nichts dafür, daß mir nichts weh tut und daß es mir nicht mehr möglich ist, Tränen zu vergießen.

16. 9. Ich habe heute wegen eines leichten Ziehens im rechten Oberkiefer den Zahnarzt aufgesucht. Es stellte sich eine starke Wurzelhautvereiterung heraus. Der Zahnarzt, zu dessen wehleidigsten Patienten ich gehöre, war äußerst erstaunt, daß ich ihn die Behandlung ohne jede Betäubung durchführen ließ. Er konnte nicht ahnen, daß das Zahnziehen für mich ein Experiment war und eines, dem ich in höchster Spannung entgegensah. Da der Zahnarzt, Dr. Wimmer, sehr

geschickt arbeitet und da ich wußte, daß er sich alle Mühe geben würde, mir auch in wachem Zustand jeden Schock zu ersparen, machte ich, als er die Zange bereits angesetzt hatte, eine Bewegung mit dem Kopf, so daß die Zange im falschen Winkel zugreifen mußte. Im nächsten Augenblick durchfuhr mich ein heftiger Schmerz. Doktor Wimmer, die Zange mit der blutigen Wurzel in der erhobenen Hand, entschuldigte sich, er war ehrlich bestürzt, besonders, da er nun auch Tränen über meine Backen laufen sah. Wie hätte ich ihm erklären können, daß es Tränen der Freude waren.

1. 10. Mein Erlebnis beim Zahnarzt hat mich aufgerichtet und gestärkt. Ich bin nicht gern etwas Besonderes und nicht gern allein. Obwohl ich nie verheiratet war, habe ich doch stets gesellig gelebt und an dem Schicksal meiner Freunde den herzlichsten Anteil genommen. Wieder eingereiht in die große Schar der Menschen, die leiden, fühlte ich erst die Vereinsamung, von der die alten Götter der Sage bedroht waren und die sie dazu veranlaßte, in menschlicher Gestalt menschliche Erfahrungen zu machen. Vor kurzem bin ich sogar auf den vielleicht absurden Gedanken gekommen, daß ein schmerzloses Dasein überhaupt kein Dasein ist. Die freudige Stimmung, in der ich mich seit dem Zahnziehen befinde, läßt sich kaum anders erklären. Sie hat dazu geführt, daß ich gestern eine kleine Gesellschaft gegeben habe. Wir haben Ratespiele gespielt, vielmehr eine Art von Scharaden, bei denen menschliche Eigenschaften und Verhaltensweisen (Hörigkeit, Habsucht, Eifersucht, Todesangst usw.) dargestellt und erraten werden mußten. Ich war überrascht, wie gut man sich bei derlei doch kindlichen Spielen unterhält und wieviel Geist und gute Laune dabei zutage treten. Außerdem führen sowohl die gewählten Themen wie auch die Art und Weise ihrer Verdeutlichung zu den interessantesten Gesprächen über die menschliche Natur, Gesprächen, an denen ich mich gestern abend aufs lebhafteste beteiligt habe. Als wir, es war bereits 3 Uhr morgens, auseinandergingen, beschlossen wir, diese Zusammenkünfte an wechselndem Ort, aber regelmäßig, zu wiederholen. Der Kreis, schon aufeinander eingespielt, sollte derselbe bleiben. Nur mein Freund Wer-

ner F., der sich zur Zeit auf einer Reise durch die Vereinigten Staaten befindet, sollte noch zugelassen werden.

3. 10. Bei den Tagebüchern, die ich kürzlich erwähnt habe, handelt es sich nicht um die von mir täglich festgehaltenen Gedanken und Eindrücke allgemeiner Art, sondern um die kleinen Heftchen, in denen ich selten, aber dann mit der schonungslosesten Offenheit, von mir selber berichte. Ich habe heute die letzten dieser Heftchen in die Hand genommen und einige Stellen mit einem roten Stift angestrichen. Es waren da meine Reaktionen auf gewisse Geschehnisse im Kreis meiner Verwandten und Bekannten geschildert. Die Worte, die ich rot unterstrichen habe, sind Gleichgültigkeit, Kälte, kein Eindruck, kein Mitgefühl. Leider habe ich neuerdings wieder Veranlassung, mich über diese Worte zu beunruhigen und sie mit meiner körperlichen Verfassung in Zusammenhang zu bringen.

6. 10. Ich spürte heute während meiner Arbeit im Büro auf der Zunge einen starken Blutgeschmack und mußte den Waschraum aufsuchen, wo ich dann mehrere Mund voll kräftig roten Blutes ins Waschbecken spie. Offensichtlich hatte ich mich, ohne es zu merken, auf die Zunge gebissen. Die Blutung hörte bald auf, ich konnte nur eine Weile lang nicht deutlich sprechen, was bei meinem Kollegen große Heiterkeit hervorrief. Es fiel mir ein, daß ich mich als Kind oft auf die Zunge gebissen und dabei jedesmal laut geheult hatte, obwohl damals gar kein Blut geflossen war. Ich esse jetzt sehr vorsichtig und nehme mich sogar beim Sprechen in acht. Es scheint, daß ich eine außergewöhnlich lange Zunge habe, die sich ohne Gefahr in der Mundhöhle nicht frei bewegen kann.

15. 10. Ich hatte in der letzten Zeit viel Arbeit, wodurch ich von meiner Selbstbeobachtung abgelenkt wurde. Gestern wurde ich zu unserem Chef (ich arbeite in einem Werbebüro) gerufen, und es wurde mir eine Gehaltserhöhung in Aussicht gestellt. Herr Kramer lobte die Gleichmäßigkeit und Ruhe, mit der ich meine Arbeit verrichte. Er meinte, daß ich, während alle andern sich von ihren seelischen und körperlichen Mißstimmungen beherrschen ließen, eine gera-

dezu staunenswerte Ausgeglichenheit zur Schau trüge. Auch daß ich mich im Gespräche mit meinen Kollegen weniger und weniger einlasse, lobte er sehr. Zum Schluß machte er einen Scherz, indem er mich mit einer vollkommen zuverlässig funktionierenden Maschine verglich. Diese Beurteilung hätte mir noch vor wenigen Wochen einen unangenehmen Eindruck gemacht. Aber die sentimentalen Anwandlungen, die in meinen Aufzeichnungen vom 16. 9. und 1. 10. dieses Jahres zum Ausdruck kommen, sind längst vorbei. Daß ich mir kürzlich, ohne den geringsten Schmerz zu empfinden, den Arm gebrochen habe, hat mich nicht beunruhigt, sondern entzückt. Ich habe mich, den schlaff herunterhängenden rechten Arm mit der linken Hand stützend, in ein Ambulatorium begeben, wo man die Knochen auf meinen Wunsch zusammengenagelt hat. Danach bin ich mit einer Verspätung von 35 Minuten an meinem Arbeitsplatz erschienen. Sowohl der Arzt wie auch der Bürovorsteher haben mich mit Erstaunen, ja sogar mit einem gewissen Entsetzen angesehen. Ich war ihnen unheimlich, so wie ich durch meine stets gleichbleibende Freundlichkeit auch meinen Mitarbeitern neuerdings unheimlich bin.
20. 10. Mein Freund Werner F. ist gestern voll von Erfahrungen und neuen Plänen aus den Vereinigten Staaten zurückgekommen. Er erzählte mir vieles, vor allem über das amerikanische Erziehungswesen, das zu studieren der Zweck seiner Reise gewesen war. Es fiel mir auf, wie frisch und jung er aussah und wie sehr er sich plötzlich für manche ihm früher fernliegende Dinge, z. B. die Politik, interessiert. Es scheint, daß er nicht übel Lust hat, sich einer Partei anzuschließen, und daß er, um gewissen pädagogischen Vorhaben den Boden zu bereiten, nicht nur zur Großindustrie, sondern auch zu den christlichen Kirchen Verbindung sucht. Obwohl ich mich bemühte, seinen Gedankengängen zu folgen, ermüdete ich doch rasch. In der mir früher so sympathischen Aktivität meines Freundes entdeckte ich plötzlich Züge von Betriebsamkeit und Geltungsbedürfnis, auch konnte ich den von ihm aufgeworfenen Fragen wenig Interesse abgewinnen. Er verabschiedete sich endlich enttäuscht,

beinahe kühl. Es täte mir leid, wenn mein Verhalten unsere Beziehung, die teilnehmende Freundschaft zweier alternder Junggesellen, in Frage gestellt hätte. Ich fürchte aber, daß ich einen neuen Besuch mit neuen langatmigen Erörterungen nur schwer ertragen könnte. Daß wir mehrmals und auch noch kurz vor Werners Abreise im Sinn hatten, uns zu heiraten, erscheint mir völlig absurd.

27. 10. Die recht beträchtliche Gehaltserhöhung hat mich in die Lage versetzt, eine andere, geräumigere Wohnung zu mieten. Endlich konnte ich mir auch einen lang gehegten Wunsch erfüllen: Ich habe jetzt im Wohnzimmer einen offenen Kamin, auch gut getrocknete Buchenkloben und Anfeuerholz liegen bereit. Ich kann kaum erwarten, daß die Tage noch kürzer werden und die langen nebligen Winterabende beginnen. Sobald ich nach Hause komme, werde ich dann in meinem Kamin ein Feuer anzünden und mit Hilfe der hübschen Messinggeräte (einem Geschenk der Firma) die Flammen regieren. Ihr Flackern, Zucken, Aufschnellen und Zusammensinken wird mich besser unterhalten als die Gespräche meiner Besucher, denen ich schon seit einiger Zeit nichts mehr abgewinnen kann. Was man da, selbst von einer so guten Freundin wie Clara, zu hören bekommt, ist doch im Grunde immer dasselbe, Sehnsucht nach Unerreichbarem, Klage um Verlorenes, Angst um das eigene Leben oder um ein fremdes, das einem ans Herz gewachsen ist. Mir ist nichts mehr ans Herz gewachsen und um mein eigenes Leben zittere ich nicht. Manchmal denke ich, daß jemand, dem nichts weh tut, in gewissem Sinne unsterblich ist.

29. 10. Ich hörte heute auf der Straße ein Kind angstvoll schreien. Nicht daß ich etwa hinausgestürzt wäre. Ich bin in meinem Zimmer geblieben und habe nicht einmal das Fenster aufgemacht. Ich habe mich aber daran erinnert, daß mich früher nichts so sehr erregte wie das Leiden von Kindern, und einen Augenblick lang war ich über meine Gleichgültigkeit entsetzt. Als wäre der vollkommene Gleichmut nicht ein höchst erstrebenswertes, ja vielleicht das einzig erstrebenswerte Ziel.

10. 11. Mein Arm ist längst geheilt. Dafür habe ich mich

in der letzten Zeit wieder mehrmals auf die Zunge gebissen. Obwohl es dank meiner Achtsamkeit zu Blutungen nicht gekommen ist, müssen dabei doch Verwachsungen bzw. Verdickungen entstanden sein. Ich merke es daran, daß man mich, auch wenn ich langsam und deutlich spreche, nicht mehr versteht. Ein Referat mit zehn neuen wichtigen Vorschlägen für eine zugkräftige Reisewerbung mußte ich, nachdem ich vergeblich versucht hatte, mich meinem Chef verständlich zu machen, schriftlich abgeben. Herr Kramer, der sich über die fast spaßige Geringfügigkeit meines Leidens offenbar nicht im klaren war, vielleicht sogar etwas wie einen Schlaganfall vermutete, forderte mich freundlich auf, zu Hause zu bleiben. Er versprach, mich mit schriftlicher Arbeit zu versorgen. Als ich meine Schublade ausräumte, mußte ich darüber lachen, wie mitleidig meine Kollegen, diese mit Magengeschwüren, Rheumatismen und langsam wachsenden Krebsgeschwülsten ausgestatteten armen Menschen mich, die einzig Gesunde, betrachteten.

20. 11. Seit ich nicht mehr ins Geschäft gehe, komme ich erst richtig dazu, die neue Wohnung einzurichten und auch die letzten mitgebrachten Koffer auszupacken. Bei dieser Gelegenheit habe ich heute alle meine alten Tagebücher vernichtet. Was sich augenblicklich mit mir begibt, ist interessanter als alles, was ich früher aufgezeichnet habe. Ich könnte mir aber vorstellen, daß gewisse, aus vergangenen Zeiten stammende Mitteilungen auch dem Leser dieser Seiten wichtig wären. So mag es ihn interessieren, daß ich als Kind bei jedem, auch dem nichtigsten, Anlaß geweint habe und daß ich bei körperlichem Unbehagen (Knieaufschlagen, Ellbogenanstoßen, beim Schlittschuhlaufen frieren) überaus empfindlich war. Ferner, daß ich über den Tod meines in Stalingrad gefallenen Verlobten untröstlich gewesen bin.

28. 11. Es ist Winter und ich bin immer noch zu Hause. Der Arzt, den ich eines gebrochenen Fingers wegen aufsuchen mußte, bestand darauf, mich buchstäblich in Watte zu wickeln, d. h. alle etwaigen Bruchstellen meiner Glieder mit dicken Verbänden zu versehen. Natürlich habe ich dagegen protestiert. Ich bin gesund, mein Appetit und meine Ver-

dauung sind ausgezeichnet, und meine Stimmung ist gut. Da die mir versprochenen Arbeitsaufträge ausgeblieben sind, habe ich, um mich nicht zu langweilen, angefangen, mehrere mir bisher unvertraute Sprachen zu erlernen. Ich komme bei dieser Beschäftigung gut voran. Das einzige, worunter ich leide, ist ein beständiges leises Frösteln. Wie gut, daß ich den Kamin habe und einen reichlichen Holzvorrat dazu.

30. 11. Heute Anruf von Herrn Weidmann, dem es endlich gelungen ist, alle am 30. September von mir eingeladenen Leute zu einem neuen Spielabend zusammenzubekommen. Er bestand darauf, daß ich, die Anregerin und, wie er liebenswürdig versicherte, begabteste Spielerin, an dem Abend teilnehmen sollte. Natürlich habe ich abgesagt. Solche Spiele und gar die notwendigerweise darauf folgenden Gespräche über die menschliche Natur interessieren mich nicht mehr. Außerdem erscheint mir die Zahl der Möglichkeiten allzu begrenzt: Eine Handvoll Eigenschaften und Wahnvorstellungen, denen der Mensch in seiner begrenzten Lebenszeit, also sehr vorübergehend, unterworfen ist. Damit einen Abend und eine halbe Nacht lang zu verbringen, lohnt sich nicht.

2. 12. Ich weiß nicht, was gestern über mich gekommen ist. Daß ich es plötzlich im Zimmer nicht mehr ausgehalten habe, mag noch verständlich erscheinen, da ich ja früher täglich stundenlang Spaziergänge machte. Ich bin aber diesmal gar nicht in den Park oder aufs Land hinaus, sondern in die Stadt gegangen und seltsamerweise habe ich auf meinem Wege jeden, der mir begegnete, angehalten und ihn auszufragen versucht. Natürlich gehorchte mir meine vernarbte Zunge nicht. Es mag auch sein, daß ich in meiner Erregung die erlernten fremdsprachlichen Brocken habe einfließen lassen. Jedenfalls muß ich, mit meinen dick verbundenen Händen gestikulierend und Unverständliches stammelnd, den Eindruck einer Verrückten gemacht haben. Polizisten haben mich schließlich nach Hause gebracht, wo ich sofort ruhig wurde. Obwohl ich, wie man mir heute erzählte, auch versucht haben soll, diese mir ganz fremden Leute zu umarmen, fühle ich mich doch durch mein Verhalten nicht ge-

demütigt. Ich frage mich nur, was ich von diesen Hausfrauen, Beamten, Briefträgern und Schülern eigentlich habe erfahren wollen. Vielleicht wollte ich herausbekommen, was jede einzelne dieser Personen im Augenblick bewegte, um dann die mir fremd gewordenen Empfindungen in mir selbst zu erzeugen.

4. 12. Ich bin noch immer ganz ruhig, ja noch gelassener, als ich es vor meinem mir jetzt noch völlig unverständlichen Ausbrechen war. Ich bin überzeugt davon, daß solche Anfälle sich nicht wiederholen werden. Unter der Tatsache, daß es mir offensichtlich nicht mehr gelingt, mich andern Menschen verständlich zu machen, leide ich nicht. Ungewöhnliche Menschen oder Menschen mit einem ungewöhnlichen Schicksal sind nur selten verstanden worden. Übrigens liegt mir auch nichts mehr daran, mich mitzuteilen, ebensowenig, wie mir daran liegt, Mitteilungen zu empfangen. Obwohl mein Verstand rasch und präzise arbeitet, interessiert mich doch nichts genug, um ihn daran zu erproben. Ich habe darum meine Sprachstudien aufgegeben. Allenfalls beschäftige ich mich noch mit den Grundzügen der Geometrie, mit der während meiner letzten Schuljahre ein besonderer Lehrer eine ganze Klasse von albernen Mädchen faszinierte. Ich besitze nicht nur meine alten Lehrbücher noch, sondern auch einen raffiniert ausgestatteten Zirkelkasten: in schwarzer und farbiger Tusche stelle ich, den Zirkel und das Winkelmaß mit äußerster Genauigkeit handhabend, die verlangten Figuren her. Meinen kleinen Haushalt halte ich noch immer in peinlichster Ordnung, bereite mir auch aus schriftlich bestellten Lebensmitteln meine Mahlzeiten selbst.

Auch was meine äußere Erscheinung anbetrifft, lasse ich mich keineswegs gehen. Herr Alphons kommt, um mich zu frisieren, und mit allerlei Salben pflege ich meinen Teint, der von bemerkenswerter Frische ist. Die Götter altern nicht, habe ich gestern, freilich nicht ohne Ironie, angesichts meines Spiegelbildes gedacht.

6. 12. Heute an meinem Geburtstag hat es mehrere Male an der Wohnungstüre geläutet. Ich habe mich nicht gerührt, bin aber später hinausgegangen, um die Blumen und Briefe

aufzuheben, die auf der Schwelle lagen. Mein Freund Werner hat eine große Azalee geschickt und hat mich in seinem Glückwunschbrief beschworen, ihn anzurufen und mit ihm zusammen eine ihm bekannte medizinische Kapazität aufzusuchen. Offenbar hält er mich für gefährlich krank. Ein Frühlingsstrauß war von der Spielgesellschaft, eine Amaryllis von den Kollegen aus dem Büro. Gegen Abend läutete es dreimal, und weil dieses kurz-lang-kurz ein von Clara und mir ausgemachtes Zeichen ist, habe ich ganz unwillkürlich die Türe aufgemacht. Ich habe mich dann auch wirklich gefreut, Clara zu sehen. Ich habe sie in der Wohnung herumgeführt, habe für uns den Tisch gedeckt und ein Käsesoufflé zubereitet, das ganz ausgezeichnet war. Später habe ich ihr meine geometrischen Zeichnungen gezeigt. Sie war merkwürdig bedrückt und umarmte mich beim Weggehen mit Tränen in den Augen. Wer weiß, was für Sorgen und Schwierigkeiten sie in ihrer Familie wieder hat. Ich habe sie nicht gefragt.

9. 12.   Die Kälte in diesem Jahr ist außergewöhnlich. Schon von morgens an muß ich neben der Ölheizung noch den Kamin anstecken. Ich sitze dann in einem niederen Lehnstuhl, den ich im Laufe des Tages immer dichter ans Feuer rücke. Der Kamin zieht vortrefflich, die Flammen sprühen und tanzen, und diese ständige Bewegung ist es, die wie auch schon in vergangenen Zeiten der Anblick der Meeresbrandung mein Entzücken erregt. Oft, wenn es im Zimmer schon dunkel ist, glaube ich mich am Rande eines Vulkans zu befinden, dessen Flammen aus einer unvorstellbaren Tiefe hervorbrechen und singen. Unwillkürlich versuche ich diese von dumpfen Detonationen begleiteten feinen Töne nachzuahmen. Schon lange ersetzen sie mir die Musik aus dem Rundfunk, die doch immer etwas allzu Menschliches hat. Wenn ich das Feuer verlasse, um mich schlafen zu legen, friere ich sehr.

12. 12.   Keine Veränderung, bis auf ein Anwachsen des Kältegefühls, das mich jetzt auch im Bett oft an allen Gliedern zittern läßt. So bin ich eben, kurz vor Mitternacht, wieder aufgestanden und habe auf das noch schwach schwe-

lende Kaminfeuer die wenigen noch vorhandenen Buchenscheite gelegt. Ich habe meinen Stuhl ans Feuer gerückt, und mit Genugtuung beobachte ich, wie sich die Flammen beleben. Da ich erst morgen eine neue Lieferung Brennholz erwarte, werde ich die Bücher zu Hilfe nehmen müssen, die längst ungelesen, aber bequem zu erreichen, auf einem Regal hinter mir stehen. Auch die alten Briefe, die sich in den Schubladen meines Schreibtischs befinden, können als Heizmaterial dienen. Vielleicht wäre es besser, wenn ich schon jetzt damit anfinge, diese Briefe ins Feuer zu werfen. Das Holz scheint, wie mir sein Zischen anzeigt, feucht zu sein. Altes Papier aber brennt immer gut.
13. 12. gegen Morgen. Ich muß eingeschlafen sein und etwas Schlechtes geträumt haben. Mein Gesicht ist von salziger Feuchtigkeit bedeckt. Es kann doch kaum sein, daß der Inhalt der Briefe, in denen ich vor dem Einschlafen gelesen habe, mich dazu bewegt hat, Tränen zu vergießen. Was in diesen Briefen stand, weiß ich bereits nicht mehr. Es ist aber möglich, daß es Liebesbriefe waren. Jedenfalls ertappte ich mich darauf, daß ich, kaum aufgewacht, in den Flammen herumstocherte, um ein paar dieser mit Schriftzügen bedeckten Papierfetzen herauszuziehen. Ich möchte gewisse Worte noch einmal lesen.
Ich kann nicht mehr schreiben. Ich war bei meiner kindischen Suche nach einigen halbverbrannten Briefbogen unvorsichtig, vielleicht haben auch die Mullbinden an meinen Füßen Feuer gefangen. Jedenfalls schwelen meine Beine bis zu den Knien, und ich habe nicht mehr die Kraft, sie aus den Flammen zu ziehen. Obwohl ich nicht den geringsten Schmerz empfinde, muß ich doch eben einen furchtbaren Schrei ausgestoßen haben. Auf diesen Schrei hin ist es im Haus lebendig geworden, es wird geklingelt und geklopft, jetzt schlagen sie sogar die Wohnungstür ein. Schönes Feuer, liebes Feuer, alter Vulkan aus der Tiefe der Erde, zieh mich heraus aus den Flammen, ich bin doch hin. Ich bin nicht unsterblich, ich weine, und meine Finger krampfen sich um einen Fetzen Papier, auf dem das Wort Liebe steht.

Ein Mann, eines Tages

Ein Mann, eines Tages, betrachtet eine Visitenkarte, auf der geschrieben, aber nicht gedruckt, ein weiblicher Name steht, dreht sie um, so als könne er auch auf der Rückseite noch etwas entdecken, eine Erklärung, aber natürlich, da steht nichts. Der Mann nickt dem Bürodiener unwillig zu, sagt aber, ehe der geht, die Besucherin hereinzuführen, noch, hören Sie, Backe, wir haben heute abend Gesellschaft, ich muß noch Verschiedenes besorgen, ich habe keine Zeit. Sagen Sie der Dame, sie soll sich kurz fassen, oder besser, kommen Sie nach fünf Minuten und melden Sie ein Ferngespräch auf dem andern Apparat, oder Fräulein Lippold soll die Unterschriftenmappe bringen. Wohl, Herr Direktor, sagt der Diener und macht die Türe hinter sich zu. Der Mann legt die Visitenkarte auf den Tisch und starrt weiter auf den Namen, Helene Soundso, der ihm nichts sagt, ihm eigentlich nur ein Gefühl übermittelt, das aber kein angenehmes ist. Als er die Tür wieder aufgehen hört, nimmt er sich zusammen, steht auf, macht sein Weltbeglückergesicht, gnädige Frau, was kann ich für Sie tun, und ist gleich peinlich berührt, weil die Frau nicht antwortet, sondern ihm nur, erwartungsvoll lächelnd, in die Augen sieht. Gott, wie unangenehm, eine alte Bekannte, die man erkennen sollte und nicht erkennt.
Entschuldigen Sie, aber im Augenblick, sagt er und denkt erbittert, ungerecht ist das, sie weiß, zu wem sie kommt, und ich weiß nichts. Womöglich habe ich etwas mit ihr gehabt, aber das muß schon lange her sein, vielleicht will sie Geld, fünfzig Mark, meinetwegen, und dann adieu.
Robert, sagt die fremde Frau lächelnd, ich bin Lena, und streckt ihm die Hand hin, die er nimmt und drückt, sie hat ihren Handschuh ausgezogen, und er bemerkt, nicht ohne Erleichterung, daß sie einen Ehering trägt.
Lena, sagt die Frau, oder Leni, damals noch nicht verheiratet, fliegergeflüchtet im badischen Wiesental, da war ich zwanzig Jahre alt, der Krieg war beinahe zu Ende, aber

41

das wußten wir nicht.

Bitte, sagt der Mann und macht eine elegante Handbewegung, wollen Sie sich nicht setzen, natürlich, jetzt erinnere ich mich, und er erinnert sich auch, nämlich an Küsse in einem Geräteschuppen, und mit dem Namen Leni waren diese Küsse allenfalls in einen Zusammenhang zu bringen, aber mit dieser fremden Dame nicht. Geräteschuppen oder Heuspeicher, Märzgewitter und Schüsse, und er selbst tagelang nicht aus der Uniform gekommen, dreckig, stinkend, unbegreiflich, daß eine Frau so etwas tut. Vielleicht hat er ihr Geld gegeben, aber was war damals Geld, vielleicht Zigaretten oder zu essen, aber nein, sie hatte ihm zu essen gegeben, vielleicht hatte sie ihm mit ein paar Brotkrusten das Leben gerettet, dem armen verhungerten Schwein.

Die Frau hat sich auf den Besucherstuhl gesetzt, daß sie noch immer lächelt, berührt den Mann unangenehm, was gab es da zu lächeln, wenn einer von ihnen sich gut gehalten hatte, war er es, sie ist keine Matrone geworden, aber ein altes Mädchen, Frauen haben nur zwischen beidem die Wahl. Ein leichtfüßiges altes Mädchen mit rötlichen Haaren, mit fleckigem Teint und Krähenfüßen unter den hellen Augen, und auf den Händen zeigen sich dann auch kleine braune Flecken, diese Hände starrt er jetzt wieder an.

Sie sind verheiratet, sagt er verbindlich, haben Kinder, erzählen Sie. Er schlägt ein Bein über das andere und öffnet den Zigarettenkasten, die besseren Zigaretten für prominente Besucher, und die Initialen der Firma stehen auf jeder gedruckt.

Gut, sagt die Frau und greift in den silbernen Kasten, eine Zigarette, damals haben wir auch eine Zigarette geraucht.

Damals, damals, denkt der Mann ärgerlich, wenn sie nur damit aufhören würde, und sagt, ich kann leider nicht mithalten, ich habe mir das Rauchen abgewöhnt.

Die Frau lächelt wieder und auch diesmal ärgert er sich, was war denn schon dabei, von seinen Altersgenossen rauchte fast keiner mehr, deshalb brauchte man noch kein Angsthase zu sein. Seine Frau hatte darauf bestanden, und natürlich hatte sie ganz recht gehabt.

Meine Frau, sagt er, vorstellend gewissermaßen, und rückt die große, in Silber gerahmte Photographie so, daß die Besucherin sie sehen kann und auch sehen kann, wie jung seine Frau aussieht und wie geschmackvoll sie gekleidet ist, enger Rock und Pullover und die dreifache Perlenkette um den Hals.

Aha, sagt die Frau, was von Interesse zeugen kann, aber auch von völliger Gleichgültigkeit, als ob sie sich mit seiner Frau messen könnte, das dürftige Gestältchen, und Pullover ist nicht Pullover, Rock ist nicht Rock. Ich könnte Ihnen, sagt er schnell, auch die Bilder meiner Kinder zeigen, aber ich habe sie zu Hause, zwei Buben sind es, prächtige Burschen, der eine ist schon beim Militär. Auch eine Photographie von unserem Haus könnte ich Ihnen zeigen, eine Wand ist aus Glas, und ein Schwimmbecken haben wir seit dem vorigen Jahr. Der Mann beißt sich auf die Lippen, er haßt es, zu protzen, macht sich nicht viel aus dem Schwimmbecken und schon gar nichts aus der Glaswand, es gibt aber Leute, bei denen sagt man lauter falsche Sachen, dafür kann man nichts, sie fordern einen dazu heraus. Mein Junge, redet er weiter, hat das Sportabzeichen, so heißt es ja jetzt nicht mehr, nun, Sie wissen schon, jedenfalls hat er eine Medaille bekommen beim Skispringen, das ist schon etwas, da darf man kein Angsthase sein.

Kein Angsthase, denkt der Mann plötzlich, er hat das Wort jetzt schon zum zweitenmal gebraucht, und es hat eine Saite in ihm angeschlagen, die noch immer scheppert und klirrt. Wahrscheinlich, sagt er, bin ich Ihnen zu Dank verpflichtet, und macht eine unwillkürliche Bewegung, die Hand zur Brieftasche, aber auf halbem Wege schon aufgehalten, jetzt liegt seine Hand mit den gut gepflegten Fingernägeln auf der Tischplatte, jetzt greift sie nach dem Telefonhörer, weil der Apparat ein diskretes Summen von sich gegeben hat.

Ihre Frau Gemahlin, sagt die Telefonistin, darf ich sie Ihnen geben, und er sagt ja, hebt, zu seiner Besucherin gewendet, bedauernd die Schultern und hört sich an, was seine Frau ihm mitzuteilen hat, lauter Aufträge für die Abendgesellschaft in seinem Haus. Ja, sagt er am Ende, wird ge-

macht, auf gleich, nein, ich bin nicht müde, ich habe Besuch.
Sie müssen entschuldigen, sagt er, als er den Hörer hingelegt hat, wir geben heute abend eine Gesellschaft, ich hätte Sie gern dazu eingeladen, aber es ist geschäftlich, Fusion zweier Unternehmen, es wird ganz langweilig, aber das ist der Beruf.
Dazu bin ich nicht gekommen, sagt die Frau, ich dachte nur, – und hält inne und sieht ihn nachdenklich an.
Wozu also, fragt der Mann unhöflich, und dabei fällt ihm plötzlich alles ein, der kahle Buchenwald über der kleinen Ortschaft, der Befehl, bis zum letzten Mann Widerstand zu leisten, und er war keineswegs der letzte Mann gewesen, aber er war fortgelaufen und hatte sich versteckt. Vielleicht war ihm auch zuerst nur schlecht geworden und er war in ein Bauernhaus gelaufen und hatte um Wasser gebeten, aber dann war es gekommen, der Nervenzusammenbruch, das Heulen und Schreien und Sich-über-den-Tisch-Werfen, und das alles vor dem Mädchen, das jetzt an seinem Tisch saß und das ihn damals in einem Schuppen versteckt hatte, und zu essen hatte sie ihm gebracht und ihn geküßt. Zu dumm, es hatte sich nur um ein paar Tage gehandelt, dann hatte sich seine ganze Abteilung ergeben, und wenigstens seinen Namen hätte er nicht nennen sollen oder einen falschen, weil Frauen ein so fürchterliches Gedächtnis haben, für Frauen sind zwanzig Jahre nur wie ein Tag.
Er rückt auf seinem Stuhl hin und her und versucht, dem Blick seiner Besucherin standzuhalten, der aber jetzt von ihm abgleitet, die Frau schaut zu Boden, er sieht ihre Augen nicht mehr. Sie redet aber endlich weiter, vielleicht, sagt sie, vielleicht bist du mir wirklich zu Dank verpflichtet, vielleicht habe ich dir wirklich das Leben gerettet, und nun wollte ich sehen, was das für ein Leben ist.
Was für ein Leben, denkt der Mann erbittert, als wenn er nicht etwas erreicht hätte, Direktor mit noch nicht fünfzig Jahren, Verantwortung für ein paar hundert Menschen, eine Familie, ein Haus. Damals war er 27 Jahre alt gewesen und hatte Gedichte gemacht und gemalt, wahrscheinlich hatten

sie davon gesprochen, und jetzt erwartet sie noch immer etwas dergleichen, aber komm einer noch zu solchen Dingen, wenn ihn der Beruf beim Wickel hat, nicht einmal zum Lesen kommt man mehr, nur seine Frau las abends im Bett und erzählte ihm etwas, und darüber fielen ihm die Augen zu.
Mein Leben, sagt er trotzig und denkt, wie kommt sie dazu, mich zur Rechenschaft zu ziehen, ebensogut könnte ich nach ihrem Leben fragen, wahrscheinlich ist sie Schullehrerin geworden oder Schriftstellerin, sie redet so merkwürdig, ja, das wird es sein. In diesem Augenblick kommt der Diener, der an der Tür geklopft und keine Antwort erhalten hat, ins Zimmer und will sein Sprüchlein sagen, und der Mann fährt auf und sagt, es ist gut, Backe, Sie können gehen.
Du hast es weit gebracht, sagt die Frau unbefangen und sieht ihn freundlich an. Aber der Mann kann sich darüber nicht freuen, er hat jetzt einen Verdacht, der ihn nicht mehr losläßt, was ihm eben eingefallen ist, kann die Frau weitererzählen, ihrem Mann hat sie es vermutlich schon erzählt. Eine kleine Geschichte, seine Geschichte, natürlich nicht mit seinem Namen, nur ein Herr Direktor, der abends eine Gesellschaft geben und am nächsten Tag feierliche Reden halten soll, ein Vorgesetzter, ein Vorbild, und einmal ist er weggelaufen, man kann schon sagen desertiert, und hat geweint und geschrien. Seine Angestellten werden das erfahren und seine Frau und sein Junge, der bei der Bundeswehr ist, und die Zeiten, in denen man sich so etwas nachsichtig geurteilt, sind schon lange vorbei. Vielleicht war die Frau gekommen, um sich ihr Schweigen erkaufen zu lassen, Geld, das wäre eine Möglichkeit, aber es gibt eine bessere, ableugnen, alles ableugnen, auch das bereits Zugegebene, jedes Wort. Und kaum, daß sich der Mann hierzu entschlossen hat, beugt er sich auch schon über den Tisch und sieht seine Besucherin liebenswürdig an.
Wie, sagten Sie, fragt er, hieß der Ort, von dem Sie gesprochen haben?
Ich habe es nicht gesagt, antwortet die Frau arglos, aber er hieß Sandhofen, unser Haus war das letzte am Abhang

hinter der Kirche, die Bauern, denen es gehörte, hießen Huber, es war da eine Linde und ein steinerner Brunnentrog vor der Tür.

Sandhofen, sagt der Mann mit furchtbarer Glätte, nein, da war ich nie. Ich muß Ihnen etwas gestehen, setzt er hinzu, als Sie hereinkamen, habe ich geglaubt, Sie zu erkennen, aber das war ein Irrtum, ich kenne Sie nicht. Ich war auch gar nie in der Gegend, auch zu Ende des Krieges nicht, da war ich im Westerwald und bin auch da in Gefangenschaft geraten. Mein Name ist nicht eben selten, auch Robert heißen noch andere Leute, es tut mir leid, daß Sie die weite Reise gemacht haben, umsonst.

Robert, sagt die Frau erschrocken, und einen Augenblick lang wird der Mann unsicher, er steht auf und sieht zum Fenster hinaus. Hören Sie, Robert, sagt die Frau hinter seinem Rücken, jetzt duzt sie ihn nicht mehr, jetzt versucht sie nur zu retten, was noch zu retten ist. Ich will doch nichts von Ihnen, sagt sie, wir wollen uns die Hand geben, und dann will ich gehen. Ja, wohin, denkt der Mann böse, in den Wartesaal oder ins Gasthaus, da macht man Bekanntschaften, da kommt man ins Erzählen und morgen früh bringen sie mein Bild auf der ersten Seite und auf der letzten die Geschichte, nein, ich bin es nicht gewesen, ich gebe nichts zu.

Er dreht sich um und setzt sich wieder an den Schreibtisch, und dabei bringt er es fertig, einen der Klingelknöpfe leicht zu berühren. Nein, wirklich, sagt er, ich war nie im Wiesental, ich habe zuerst geglaubt, Sie zu kennen, aber es war ein Irrtum, ich kenne Sie nicht.

Die Frau starrt ihn an, offenbar zweifelt sie jetzt an ihrem eigenen Verstande, was dem Mann nur recht sein kann. Ja, so irrt man sich zuweilen, redet er weiter, glatt und liebenswürdig, er redet seinen Kopf aus der Schlinge, aber aus was für einer Schlinge, einer ganz anderen, als er wahrhaben will. Aber sicher ist sicher, und nun greift er doch nach einer Zigarette, und wenn die Frau ihn beobachtete, könnte sie seine Finger zittern sehen. Ich hoffe, sagt er, Sie werden Ihren Robert noch finden, wenn ich Ihnen dabei behilflich

sein kann, ich bin mit Vergnügen dazu bereit.
Ich finde ihn nicht mehr, sagt die Frau ruhig, ich kann ihn gar nicht mehr finden, Sie haben ihn getötet, aber das ist jetzt egal. Überspannt, denkt der Mann, ich wußte es ja und horcht auf die Schritte seiner Sekretärin, die jetzt, ohne anzuklopfen, ins Zimmer kommt, sie hat die Unterschriftenmappe in der Hand. Darf ich vorstellen, sagt der Mann, Fräulein Lippold, meine Sekretärin, meine Perle, wohin käme ich ohne sie. Fräulein Lippold nickt und wirft einen geringschätzigen Blick auf die Besucherin, die sie vertreiben soll. Ja, nun müssen wir wohl noch ein bißchen arbeiten, sagt der Mann, meine Frau wird auch warten, die Gäste kommen um zwanzig Uhr.
Guten Abend, Herr Direktor, sagt die Frau, und alles Gute, wohlerzogen und ohne alle Ironie. Sie geht schnell vor der Sekretärin durch die Türe, und kaum, daß die beiden verschwunden sind, hat der Mann keine Lust mehr, Briefe zu unterschreiben, und keine Lust mehr, Besorgungen zu machen, und keine Lust mehr, neben seiner schön angezogenen Frau in der Halle zu stehen und die Gäste zu empfangen. Er stützt den Kopf auf die Hände und denkt an damals und rührt sich nicht. Er weiß schon, daß seine Frau am Apparat ist, und weiß auch schon, was sie sagen wird, na hör mal, das ist doch eine Rücksichtslosigkeit, ja das ist es auch, aber er antwortet trotzdem nicht. Er denkt weiter an damals, jetzt, wo er die Frau nicht mehr sieht, sieht er das Mädchen ganz deutlich und sieht auch sich selber, tränenüberströmt, zwei junge verlorene Menschen, die beieinander Schutz suchen, reden und träumen, und wie die Schüsse allmählich zum Schweigen kommen, fängt die Wirklichkeit an. Das Leben ein Traum, der Traum ein Leben, zwei Theaterstücke haben so geheißen, sie haben sie im Abonnement gehabt, aber er hat nicht hingehen können, er hat keine Zeit. Schade, denkt der Mann und weiß dabei gar nicht, was er bedauert, daß er nicht im Theater gewesen ist oder daß er die Frau hat weggehen lassen oder daß er sein Leben gelebt hat, wie er es gelebt hat – aber nein, so weit kommt es mit ihm nicht.

Er steht auf und schließt seinen Schreibtisch ab, auf der Straße sieht er sich um, da ist niemand, jedenfalls keine Frau. Er fährt im Wagen in die Stadt und holt die bereits gerichteten Päckchen, die Läden schließen schon, es ist höchste Zeit. Es ist höchste Zeit, daß er nach Hause kommt, die Zigarette hat ihm nicht gutgetan, vor seinen Augen schwankt die Straße und durchsetzt sich mit Vergangenheit, auch liegt da plötzlich ein junger Mensch, über den er hinwegfährt wie über einen kleinen Erdwall, aber als er erschrocken anhält und aussteigt, ist es nichts, nur ein Lichtstrahl, ein Wintermondstrahl aus einer Hauslücke, und nur noch um zwei Ecken, dann ist er zu Haus. Am nächsten Morgen möchte er jemanden im Büro nach der Besucherin fragen, ob sie wirklich da war oder nicht, aber wie kann man so etwas fragen, und es ist dazu auch gar keine Zeit. Die Herren kommen schon ins Konferenzzimmer, auch die Presse ist bereits da und die Photographen stehen mit allerlei Lampen und großen Apparaten bereit. Ein großer Augenblick, Herr Direktor, und bitte, Ihre Krawatte, sagt Fräulein Lippold, und rückt seine Krawatte gerade, und wahrhaftig, ein neues Stück Leben beginnt.

Gespenster

Ob ich schon einmal eine Gespenstergeschichte erlebt habe? O ja, gewiß – ich habe sie auch noch gut im Gedächtnis und will sie Ihnen erzählen. Aber wenn ich damit zu Ende bin, dürfen Sie mich nichts fragen und keine Erklärung verlangen, denn ich weiß gerade nur so viel, wie ich Ihnen berichte, und kein Wort mehr.
Das Erlebnis, das ich im Sinn habe, begann im Theater, und zwar im Old Vic Theater in London, bei einer Aufführung Richards II. von Shakespeare. Ich war damals zum ersten Mal in London und mein Mann auch, und die Stadt machte

einen gewaltigen Eindruck auf uns. Wir wohnten ja für gewöhnlich auf dem Lande, in Österreich, und natürlich kannten wir Wien und auch München und Rom, aber, was eine Weltstadt war, wußten wir nicht. Ich erinnere mich, daß wir schon auf dem Weg ins Theater, auf den steilen Rolltreppen der Untergrundbahn hinab- und hinaufschwebend und im eisigen Schluchtenwind der Bahnsteige den Zügen nacheilend, in eine seltsame Stimmung von Erregung und Freude gerieten und daß wir dann vor dem noch geschlossenen Vorhang saßen, wie Kinder, die zum ersten Mal ein Weihnachtsmärchen auf der Bühne sehen. Endlich ging der Vorhang auf, das Stück fing an, bald erschien der junge König, ein hübscher Bub, ein Playboy, von dem wir doch wußten, was das Schicksal mit ihm vorhatte, wie es ihn beugen würde und wie er schließlich untergehen sollte, machtlos aus eigenem Entschluß. Aber während ich an der Handlung sogleich den lebhaftesten Anteil nahm und hingerissen von den glühenden Farben des Bildes und der Kostüme keinen Blick mehr von der Bühne wandte, schien Anton abgelenkt und nicht recht bei der Sache, so, als ob mit einem Male etwas anderes seine Aufmerksamkeit gefangengenommen hätte. Als ich mich einmal, sein Einverständnis suchend, zu ihm wandte, bemerkte ich, daß er gar nicht auf die Bühne schaute und kaum darauf hörte, was dort gesprochen wurde, daß er vielmehr eine Frau ins Auge faßte, die in der Reihe vor uns, ein wenig weiter rechts, saß und die sich auch einige Male halb nach ihm umdrehte, wobei auf ihrem verlorenen Profil so etwas wie ein schüchternes Lächeln erschien.

Anton und ich waren zu jener Zeit schon sechs Jahre verheiratet, und ich hatte meine Erfahrungen und wußte, daß er hübsche Frauen und junge Mädchen gern ansah, sich ihnen auch mit Vergnügen näherte, um die Anziehungskraft seiner schönen, südländisch geschnittenen Augen zu erproben. Ein Grund zu rechter Eifersucht war solches Verhalten für mich nie gewesen, und eifersüchtig war ich auch jetzt nicht, nur ein wenig ärgerlich, daß Anton über diesem stärkenden Zeitvertreib versäumte, was mir so besonders erle-

benswert erschien. Ich nahm darum weiter keine Notiz von
der Eroberung, die zu machen er sich anschickte; selbst, als
er einmal, im Verlauf des ersten Aktes, meinen Arm leicht
berührte und mit einem Heben des Kinns und Senken der
Augenlider zu der Schönen hinüberdeutete, nickte ich nur
freundlich und wandte mich wieder der Bühne zu. In der
Pause gab es dann freilich kein Ausweichen mehr. Anton
schob sich nämlich, so rasch er konnte, aus der Reihe und
zog mich mit sich zum Ausgang, und ich begriff, daß er dort
warten wollte, bis die Unbekannte an uns vorüberging, vorausgesetzt, daß sie ihren Platz überhaupt verließ. Sie machte
zunächst dazu freilich keine Anstalten, es zeigte sich nun
auch, daß sie nicht allein war, sondern in Begleitung eines
jungen Mannes, der, wie sie selbst, eine zarte bleiche Gesichtsfarbe und rötlichblonde Haare hatte und einen müden,
fast erloschenen Eindruck machte. Besonders hübsch ist sie
nicht, dachte ich, und übermäßig elegant auch nicht, in Faltenrock und Pullover, wie zu einem Spaziergang über Land.
Und dann schlug ich vor, draußen auf und ab zu gehen
und begann über das Stück zu sprechen, obwohl ich schon
merkte, daß das ganz sinnlos war.
Denn Anton ging nicht mit mir hinaus, und er hörte mir
auch gar nicht zu. Er starrte in fast unhöflicher Weise zu
dem jungen Paar hinüber, das sich jetzt erhob und auf uns
zukam, wenn auch merkwürdig langsam, fast wie im Schlaf.
Er kann sie nicht ansprechen, dachte ich, das ist hier nicht
üblich, das ist nirgends üblich, aber hier ist es ein unverzeihliches Vergehen. Indessen ging das Mädchen schon ganz
nahe an uns vorbei, ohne uns anzusehen, das Programm fiel
ihm aus der Hand und wehte auf den Teppich, wie früher
einmal ein Spitzentüchlein, suivez-moi, Anknüpfungsmittel
einer lange vergangenen Zeit. Anton bückte sich nach dem
glänzenden Heftchen, aber statt es zurückzureichen, bat er,
einen Blick hineinwerfen zu dürfen, tat das auch, murmelte
in seinem kläglichen Englisch allerlei Ungereimtes über die
Aufführung und die Schauspieler und stellte den Fremden
endlich sich und mich vor, was den jungen Mann nicht wenig zu erstaunen schien. Ja, Erstaunen und Abwehr zeigten

sich auch auf dem Gesicht des jungen Mädchens, obwohl es doch sein Programm augenscheinlich mit voller Absicht hatte fallen lassen und obwohl es jetzt meinem Mann ganz ungeniert in die Augen schaute, wenn auch mit trübem, gleichsam verhangenem Blick. Die Hand, die Anton nach kontinentaler Sitte arglos ausgestreckt hatte, übersah sie, nannte auch keinen Namen, sondern sagte nur, wir sind Bruder und Schwester, und der Klang ihrer Stimme, der überaus zart und süß und gar nicht zum Fürchten war, flößte mir einen merkwürdigen Schauder ein. Nach diesen Worten, bei denen Anton wie ein Knabe errötete, setzten wir uns in Bewegung, wir gingen im Wandelgang auf und ab und sprachen stockend belanglose Dinge, und wenn wir an den Spiegeln vorüberkamen, blieb das fremde Mädchen stehen und zupfte an seinen Haaren und lächelte Anton im Spiegel zu. Und dann läutete es, und wir gingen zurück auf unsere Plätze, und ich hörte zu und sah zu und vergaß die englischen Geschwister, aber Anton vergaß sie nicht. Er blickte nicht mehr so oft hinüber, aber ich merkte doch, daß er nur darauf wartete, daß das Stück zu Ende war und daß er sich den entsetzlichen und einsamen Tod des gealterten Königs kein bißchen zu Herzen nahm. Als der Vorhang gefallen war, wartete er das Klatschen und das Wiedererscheinen der Schauspieler gar nicht ab, sondern drängte zu den Geschwistern hinüber und sprach auf sie ein, offenbar überredete er sie, ihm ihre Garderobemarken zu überlassen, denn mit einer ihm sonst ganz fremden, unangenehmen Behendigkeit schob und wand er sich gleich darauf durch die ruhig wartenden Zuschauer und kehrte bald mit Mänteln und Hüten beladen zurück; und ich ärgerte mich über seine Beflissenheit und war überzeugt davon, daß wir von unseren neuen Bekannten am Ende kühl entlassen werden würden und daß mir, nach der Erschütterung, die ich durch das Trauerspiel erfahren hatte, nichts anderes bevorstand, als mit einem enttäuschten und schlechtgelaunten Anton nach Hause zu gehen.

Es kam aber alles ganz anders, weil es, als wir angezogen vor die Tür traten, stark regnete, keine Taxis zu haben waren und wir uns in dem einzigen, das Anton mit viel Rennen und Winken schließlich auftreiben konnte, zu viert zusammenzwängten, was Heiterkeit und Gelächter hervorrief und auch mich meinen Unmut vergessen ließ. Wohin? fragte Anton, und das Mädchen sagte mit seiner hellen, süßen Stimme: Zu uns. Es nannte dem Chauffeur Straße und Hausnummer und lud uns, zu meinem großen Erstaunen, zu einer Tasse Tee ein. Ich heiße Vivian, sagte sie, und mein Bruder heißt Laurie, und wir wollen uns mit den Vornamen nennen. Ich sah das Mädchen von der Seite an und war überrascht, um wieviel lebhafter es geworden war, so, als sei es vorher gelähmt gewesen und sei erst jetzt in unserer oder in Antons körperlicher Nähe imstande, seine Glieder zu rühren. Als wir ausstiegen, beeilte sich Anton, den Fahrer zu bezahlen, und ich stand da und sah mir die Häuser an, die aneinandergebaut und alle völlig gleich waren, schmal mit kleinen, tempelartigen Vorbauten und mit Vorgärten, in denen überall dieselben Pflanzen wuchsen, und ich dachte unwillkürlich, wie schwer es doch sein müsse, ein Haus hier wiederzuerkennen, und war fast froh, im Garten der Geschwister doch etwas Besonderes, nämlich eine sitzende steinerne Katze zu sehen. Währenddem hatte Laurie die Eingangstür geöffnet, und nun stiegen er und seine Schwester vor uns eine Treppe hinauf. Anton nahm die Gelegenheit wahr, um mir zuzuflüstern, ich kenne sie, ich kenne sie gewiß, wenn ich nur wüßte, woher. Oben verschwand Vivian gleich, um das Teewasser aufzusetzen, und Anton fragte ihren Bruder aus, ob sie beide in letzter Zeit im Ausland gewesen seien und wo. Laurie antwortete zögernd, beinahe gequält, ich konnte nicht unterscheiden, ob ihn die persönliche Frage abstieß oder ob er sich nicht erinnern konnte, fast schien es so, denn er strich sich ein paarmal über die Stirn und sah unglücklich aus. Er ist nicht ganz richtig, dachte ich, alles ist nicht ganz richtig, ein sonderbares Haus, so still und dunkel und die Möbel von Staub bedeckt, so, als seien die Räume seit langer Zeit unbewohnt. Sogar die Birnen der elektrischen Lampen waren ausgebrannt oder ausgeschraubt, man mußte Kerzen an-

zünden, von denen viele in hohen Silberleuchtern auf den
alten Möbeln standen. Das sah nun freilich hübsch aus und
verbreitete Gemütlichkeit. Die Tassen, welche Vivian auf
einem gläsernen Tablett hereinbrachte, waren auch hübsch,
zart und schön blau gemustert, ganze Traumlandschaften
waren auf dem Porzellan zu erkennen. Der Tee war stark
und schmeckte bitter, Zucker und Rahm gab es dazu nicht.
Wovon sprecht ihr, fragte Vivian und sah Anton an, und
mein Mann wiederholte seine Fragen mit beinahe unhöflicher Dringlichkeit. Ja, antwortete Vivian sofort, wir waren
in Österreich, in – aber nun brachte auch sie den Namen
des Ortes nicht heraus und starrte verwirrt auf den runden,
von einer feinen Staubschicht bedeckten Tisch.
In diesem Augenblick zog Anton sein Zigarettenetui heraus,
ein flaches goldenes Etui, das er von seinem Vater geerbt
hatte und das er, entgegen der herrschenden Mode, Zigaretten in ihren Packungen anzubieten, noch immer benutzte.
Er klappte es auf und bot uns allen an, und dann machte
er es wieder zu und legte es auf den Tisch, woran ich mich
am nächsten Morgen, als er es vermißte, noch gut erinnern
konnte.
Wir tranken also Tee und rauchten, und dann stand Vivian
plötzlich auf und drehte das Radio an, und über allerhand
grelle Klang- und Stimmfetzen glitt der Lautsprecherton in
eine sanft klirrende Tanzmusik. Wir wollen tanzen, sagte
Vivian und sah meinen Mann an, und Anton erhob sich sofort und legte den Arm um sie. Ihr Bruder machte keine
Anstalten, mich zum Tanzen aufzufordern, so blieben wir
am Tisch sitzen und hörten der Musik zu und betrachteten
das Paar, das sich im Hintergrund des großen Zimmers hin
und her bewegte. So kühl sind die Engländerinnen also
nicht, dachte ich und wußte schon, daß ich etwas anderes
meinte, denn Kühle, eine holde, sanfte Kühle ging nach wie
vor von dem fremden Mädchen aus, zugleich aber auch eine
seltsame Gier, da sich ihre kleinen Hände wie Saugnäpfe
einer Kletterpflanze an den Schultern meines Mannes festhielten und ihre Lippen sich lautlos bewegten, als formten
sie Ausrufe der höchsten Bedrängnis und Not. Anton, der

damals noch ein kräftiger junger Mann und ein guter Tänzer war, schien von dem ungewöhnlichen Verhalten seiner Partnerin nichts zu bemerken, er sah ruhig und liebevoll auf sie herunter, und manchmal schaute er auf dieselbe Weise auch zu mir herüber, als wolle er sagen, mach dir keine Gedanken, es geht vorüber, es ist nichts. Aber obwohl Vivian so leicht und dünn mit ihm hinschwebte, schien dieser Tanz, der, wie es bei Radiomusik üblich ist, kein Ende nahm und nur in Rhythmus und Melodie sich veränderte, ihn ungebührlich anzustrengen, seine Stirn war bald mit Schweißtropfen bedeckt, und wenn er einmal mit Vivian nahe bei mir vorüberkam, konnte ich seinen Atem fast wie ein Keuchen oder Stöhnen hören. Laurie, der ziemlich schläfrig an meiner Seite saß, fing plötzlich an, zu der Musik den Takt zu schlagen, wozu er geschickt bald seine Fingerknöchel, bald den Teelöffel verwendete, auch mit dem Zigarettenetui meines Mannes synkopisch auf den Tisch klopfte, was alles der Musik etwas atemlos Drängendes verlieh und mich in plötzliche Angst versetzte. Eine Falle, dachte ich, sie haben uns hier heraufgelockt, wir sollen ausgeraubt oder verschleppt werden, und gleich darauf, was für ein verrückter Gedanke, wer sind wir schon, unwichtige Fremde, Touristen, Theaterbesucher, die nichts bei sich haben als ein bißchen Geld, um notfalls nach der Vorstellung noch etwas essen zu gehen. Plötzlich wurde ich sehr schläfrig, ich gähnte ein paarmal verstohlen. War nicht der Tee, den wir getrunken hatten, außergewöhnlich bitter gewesen, und hatte Vivian die Tassen nicht schon eingeschenkt hereingebracht, so daß sehr wohl in den unseren ein Schlafmittel hätte aufgelöst sein können und in denen der englischen Geschwister nicht? Fort, dachte ich, heim ins Hotel, und suchte den Blick meines Mannes wieder, der aber nicht zu mir hersah, sondern jetzt die Augen geschlossen hielt, während das zarte Gesicht seiner Tänzerin ihm auf die Schulter gesunken war.

Wo ist das Telefon? fragte ich unhöflich, ich möchte ein Taxi bestellen. Laurie griff bereitwillig hinter sich, der Apparat stand auf einer Truhe, aber als Laurie den Hörer abnahm, war kein Summzeichen zu vernehmen. Laurie zuckte nur bedauernd mit den Achseln, aber Anton war jetzt aufmerksam geworden, er blieb stehen und löste seine Arme von dem Mädchen, das verwundert zu ihm aufschaute und beängstigend schwankte, wie eine zarte Staude im Wind. Es ist spät, sagte mein Mann, ich fürchte, wir müssen jetzt gehen. Die Geschwister machten zu meiner Überraschung keinerlei Einwände, nur noch ein paar freundliche und höfliche Worte wurden gewechselt, Dank für den reizenden Abend und so weiter, und dann brachte der schweigsame Laurie uns die Treppe hinunter zur Haustür, und Vivian blieb auf dem Absatz oben stehen, lehnte sich über das Geländer und stieß kleine, vogelleichte Laute aus, die alles bedeuten konnten oder auch nichts.

Ein Taxistand war in der Nähe, aber Anton wollte ein Stück zu Fuß gehen, er war zuerst still und wie erschöpft und fing dann plötzlich lebhaft zu reden an. Gesehen habe er die Geschwister bestimmt schon irgendwo und vor nicht langer Zeit, wahrscheinlich in Kitzbühel im Frühjahr, das sei ja gewiß ein für Ausländer schwer zu behaltender Name, kein Wunder, daß Vivian nicht auf ihn gekommen sei. Er habe jetzt sogar etwas ganz Bestimmtes im Sinn, vorhin, beim Tanzen sei es ihm eingefallen, eine Bergstraße, ein Hinüber- und Herübersehen von Wagen zu Wagen, in dem einen habe er gesessen, allein, und in dem andern, einem roten Sportwagen, die Geschwister, das Mädchen am Steuer, und nach einer kurzen Stockung im Verkehr, einem minutenlangen Nebeneinanderfahren, habe es ihn irgendwie überholt und sei davongeschossen auf eine schon nicht mehr vernünftige Art. Ob sie nicht hübsch sei und etwas Besonderes, fragte Anton gleich darauf, und ich sagte, hübsch schon und etwas Besonderes schon, aber ein bißchen unheimlich, und ich erinnerte ihn an den modrigen Geruch in der Wohnung und an den Staub und das abgestellte Telefon. Anton hatte von dem allem nichts bemerkt und wollte auch jetzt nichts davon wissen, aber streitlustig waren wir beide nicht, son-

dern sehr müde, und darum hörten wir nach einer Weile auf zu sprechen und fuhren ganz friedlich nach Hause ins Hotel und gingen zu Bett.
Für den nächsten Vormittag hatten wir uns die Tate-Galerie vorgenommen, wir besaßen auch schon einen Katalog dieser berühmten Bildersammlung, und beim Frühstück blätterten wir darin und überlegten uns, welche Bilder wir anschauen wollten und welche nicht. Aber gleich nach dem Frühstück vermißte mein Mann sein Zigarettenetui, und als ich ihm sagte, daß ich es auf dem Tisch bei den englischen Geschwistern zuletzt gesehen hätte, schlug er vor, daß wir es noch vor dem Besuch des Museums dort abholen sollten. Ich dachte gleich, er hat es absichtlich liegenlassen, aber ich sagte nichts. Wir suchten die Straße auf dem Stadtplan, und dann fuhren wir mit einem Autobus bis zu einem Platz in der Nähe. Es regnete nicht mehr, ein zartgoldener Frühherbstnebel lag über den weiten Parkwiesen, und große Gebäude mit Säulen und Giebel tauchten auf und verschwanden wieder geheimnisvoll im wehenden Dunst.
Anton war sehr guter Laune und ich auch. Ich hatte alle Beunruhigung des vergangenen Abends vergessen und war gespannt, wie sich unsere neuen Bekannten im Tageslicht ausnehmen und verhalten würden. Ohne Mühe fanden wir die Straße und auch das Haus und waren nur erstaunt, alle Läden heruntergelassen zu sehen, so, als ob drinnen noch alles schliefe oder die Bewohner zu einer langen Reise aufgebrochen seien. Da sich auf mein erstes schüchternes Klingeln hin nichts rührte, schellten wir dringlicher, schließlich fast ungezogen lange und laut. Ein altmodischer Messingklopfer befand sich auch an der Tür, und auch diesen betätigten wir am Ende, ohne daß sich drinnen Schritte hören ließen oder Stimmen laut wurden. Schließlich gingen wir fort, aber nur ein paar Häuser weit die Straße hinunter, dann blieb Anton wieder stehen. Es sei nicht wegen des Etuis, sagte er, aber es könne den jungen Leuten etwas zugestoßen sein, eine Gasvergiftung zum Beispiel, Gaskamine habe man hier überall, und er habe auch einen im Wohnzimmer gesehen. An eine mögliche Abreise der Geschwister

wollte er nicht glauben, auf jeden Fall müsse die Polizei gerufen werden, und er habe auch jetzt nicht die Ruhe, im Museum Bilder zu betrachten. Inzwischen hatte sich der Nebel gesenkt, ein schöner, blauer Nachsommerhimmel stand über der wenig befahrenen Straße und über dem Haus Nr. 79, das, als wir nun zurückkehrten, noch ebenso still und tot dalag wie vorher.
Die Nachbarn, sagte ich, man muß die Nachbarn fragen, und schon öffnete sich ein Fenster im nächsten, zur Rechten gelegenen Haus, und eine dicke Frau schüttelte ihren Besen über die hübschen Herbstastern des Vorgärtchens aus. Wir riefen sie an und versuchten, uns ihr verständlich zu machen. Einen Familiennamen wußten wir nicht, nur Vivian und Laurie, aber die Frau schien sofort zu wissen, wen wir meinten. Sie zog ihren Besen zurück, legte ihre starke Brust in der geblümten Bluse auf die Fensterbank und sah uns erschrocken an. Wir waren hier im Haus, sagte Anton, noch gestern abend, wir haben etwas liegengelassen, das möchten wir jetzt abholen, und die Frau machte plötzlich ein mißtrauisches Gesicht. Das sei unmöglich, sagte sie mit ihrer schrillen Stimme, nur sie habe den Schlüssel, das Haus stünde leer. Seit wann, fragte ich unwillkürlich und glaubte schon, daß wir uns doch in der Hausnummer geirrt hätten, obwohl im Vorgarten, nun im hellen Sonnenlicht, die steinerne Katze lag.
Seit drei Monaten, sagte die Frau ganz entschieden, seit die jungen Herrschaften tot sind. Tot? fragten wir und fingen an, durcheinander zu reden, lächerlich, wir waren gestern zusammen im Theater, wir haben bei ihnen Tee getrunken und Musik gemacht und getanzt.
Einen Augenblick, sagte die dicke Frau und schlug das Fenster zu, und ich dachte schon, sie würde jetzt telefonieren und uns fortbringen lassen, ins Irrenhaus oder auf die Polizei. Sie kam aber gleich darauf auf die Straße hinaus, mit neugierigem Gesicht, ein großes Schlüsselbund in der Hand. Ich bin nicht verrückt, sagte sie, ich weiß, was ich sage, die jungen Herrschaften sind tot und begraben, sie waren mit dem Wagen im Ausland und haben sich dort den Hals ge-

brochen, irgendwo in den Bergen, mit ihrem blödsinnig schnellen Fahren.
In Kitzbühel, fragte mein Mann entsetzt, und die Frau sagte, so könne der Ort geheißen haben, aber auch anders, diese ausländischen Namen könne niemand verstehen. Indessen ging sie uns schon voraus, die Stufen hinauf und sperrte die Tür auf, wir sollten nur sehen, daß sie die Wahrheit spreche und daß das Haus leer sei, von ihr aus könnten wir auch in die Zimmer gehen, aber Licht könne sie nicht anmachen, sie habe die elektrischen Birnen für sich herausgeschraubt, der Herr Verwalter habe nichts dagegen gehabt.
Wir gingen hinter der Frau her, es roch dumpf und muffig, und ich faßte auf der Treppe meinen Mann bei der Hand und sagte, es war einfach eine ganz andere Straße, oder wir haben alles nur geträumt, zwei Menschen können genau denselben Traum haben in derselben Nacht, so etwas gibt es, und jetzt wollen wir gehen. Ja, sagte Anton ganz erleichtert, du hast recht, was haben wir hier zu suchen, und er blieb stehen und griff in die Tasche, um etwas Geld herauszuholen, das er der Nachbarsfrau für ihre Mühe geben wollte. Die war aber schon oben ins Zimmer getreten, und wir mußten ihr nachlaufen und auch in das Zimmer hineingehen, obwohl wir dazu schon gar keine Lust mehr hatten und ganz sicher waren, daß das Ganze eine Verwechslung oder eine Einbildung war. Kommen Sie nur, sagte die Frau und fing an, einen Laden heraufzuziehen, nicht völlig, nur ein Stückchen, nur so weit, daß man alle Möbel deutlich erkennen konnte, besonders einen runden Tisch mit Sesseln drum herum und mit einer feinen Staubschicht auf der Platte, einen Tisch, auf dem nur ein einziger Gegenstand, der jetzt von einem Sonnenstrahl getroffen aufleuchtete, ein flaches, goldenes Zigarettenetui, lag.

Das dicke Kind

Es war Ende Januar, bald nach den Weihnachtsferien, als das dicke Kind zu mir kam. Ich hatte in diesem Winter angefangen, an die Kinder aus der Nachbarschaft Bücher auszuleihen, die sie an einem bestimmten Wochentag holen und zurückbringen sollten. Natürlich kannte ich die meisten dieser Kinder, aber es kamen auch manchmal fremde, die nicht in unserer Straße wohnten. Und wenn auch die Mehrzahl von ihnen gerade nur so lange Zeit blieb, wie der Umtausch in Anspruch nahm, so gab es doch einige, die sich hinsetzten und gleich auf der Stelle zu lesen begannen. Dann saß ich an meinem Schreibtisch und arbeitete, und die Kinder saßen an dem kleinen Tisch bei der Bücherwand, und ihre Gegenwart war mir angenehm und störte mich nicht.

Das dicke Kind kam an einem Freitag oder Samstag, jedenfalls nicht an dem zum Ausleihen bestimmten Tag. Ich hatte vor, auszugehen und war im Begriff, einen kleinen Imbiß, den ich mir gerichtet hatte, ins Zimmer zu tragen. Kurz vorher hatte ich einen Besuch gehabt, und dieser mußte wohl vergessen haben, die Eingangstür zu schließen. So kam es, daß das dicke Kind ganz plötzlich vor mir stand, gerade als ich das Tablett auf den Schreibtisch niedergesetzt hatte und mich umwandte, um noch etwas in der Küche zu holen. Es war ein Mädchen von vielleicht zwölf Jahren, das einen altmodischen Lodenmantel und schwarze, gestrickte Gamaschen anhatte und an einem Riemen ein Paar Schlittschuhe trug, und es kam mir bekannt, aber doch nicht richtig bekannt vor, und weil es so leise hereingekommen war, hatte es mich erschreckt.

Kenne ich dich? fragte ich überrascht.

Das dicke Kind sagte nichts. Es stand nur da und legte die Hände über seinem runden Bauch zusammen und sah mich mit seinen wasserhellen Augen an.

Möchtest du ein Buch? fragte ich.

Das dicke Kind gab wieder keine Antwort. Aber darüber wunderte ich mich nicht allzusehr. Ich war es gewohnt, daß

die Kinder schüchtern waren und daß man ihnen helfen mußte. Also zog ich ein paar Bücher heraus und legte sie vor das fremde Mädchen hin. Dann machte ich mich daran, eine der Karten auszufüllen, auf welchen die entliehenen Bücher aufgezeichnet wurden.
Wie heißt du denn? fragte ich.
Sie nennen mich die Dicke, sagte das Kind.
Soll ich dich auch so nennen? fragte ich.
Es ist mir egal, sagte das Kind. Es erwiderte mein Lächeln nicht, und ich glaube mich jetzt zu erinnern, daß sein Gesicht sich in diesem Augenblick schmerzlich verzog. Aber ich achtete darauf nicht.
Wann bist du geboren? fragte ich weiter.
Im Wassermann, sagte das Kind ruhig.
Diese Antwort belustigte mich, und ich trug sie auf der Karte ein, spaßeshalber gewissermaßen, und dann wandte ich mich wieder den Büchern zu.
Möchtest du etwas Bestimmtes? fragte ich.
Aber dann sah ich, daß das fremde Kind gar nicht die Bücher ins Auge faßte, sondern seine Blicke auf dem Tablett ruhen ließ, auf dem mein Tee und meine belegten Brote standen.
Vielleicht möchtest du etwas essen, sagte ich schnell.
Das Kind nickte, und in seiner Zustimmung lag etwas wie ein gekränktes Erstaunen darüber, daß ich erst jetzt auf diesen Gedanken kam. Es machte sich daran, die Brote eins nach dem andern zu verzehren, und es tat das auf eine besondere Weise, über die ich mir erst später Rechenschaft gab. Dann saß es wieder da und ließ seine trägen kalten Blicke im Zimmer herumwandern, und es lag etwas in seinem Wesen, das mich mit Ärger und Abneigung erfüllte. Ja gewiß, ich habe dieses Kind von Anfang an gehaßt. Alles an ihm hat mich abgestoßen, seine trägen Glieder, sein hübsches, fettes Gesicht, seine Art zu sprechen, die zugleich schläfrig und anmaßend war. Und obwohl ich mich entschlossen hatte, ihm zuliebe meinen Spaziergang aufzugeben, behandelte ich es doch keineswegs freundlich, sondern grausam und kalt.

Oder soll man es etwa freundlich nennen, daß ich mich nun an den Schreibtisch setzte und meine Arbeit vornahm und über meine Schulter weg sagte, lies jetzt, obwohl ich doch ganz genau wußte, daß das fremde Kind gar nicht lesen wollte? Und dann saß ich da und wollte schreiben und brachte nichts zustande, weil ich ein sonderbares Gefühl der Peinigung hatte, so, wie wenn man etwas erraten soll und errät es nicht, und ehe man es nicht erraten hat, kann nichts mehr so werden, wie es vorher war. Und eine Weile lang hielt ich das aus, aber nicht sehr lange, und dann wandte ich mich um und begann eine Unterhaltung, und es fielen mir nur die törichtsten Fragen ein.

Hast du noch Geschwister? fragte ich.

Ja, sagte das Kind.

Gehst du gern in die Schule? fragte ich.

Ja, sagte das Kind.

Was magst du denn am liebsten?

Wie bitte? fragte das Kind.

Welches Fach, sagte ich verzweifelt.

Ich weiß nicht, sagte das Kind.

Vielleicht Deutsch? fragte ich.

Ich weiß nicht, sagte das Kind.

Ich drehte meinen Bleistift zwischen den Fingern, und es wuchs etwas in mir auf, ein Grauen, das mit der Erscheinung des Kindes in gar keinem Verhältnis stand.

Hast du Freundinnen? fragte ich zitternd.

O ja, sagte das Mädchen.

Eine hast du doch sicher am liebsten? fragte ich.

Ich weiß nicht, sagte das Kind, und, wie es dasaß in seinem haarigen Lodenmantel, glich es einer fetten Raupe, und wie eine Raupe hatte es auch gegessen, und wie eine Raupe witterte es jetzt wieder herum.

Jetzt bekommst du nichts mehr, dachte ich, von einer sonderbaren Rachsucht erfüllt. Aber dann ging ich doch hinaus und holte Brot und Wurst, und das Kind starrte darauf mit seinem dumpfen Gesicht, und dann fing es an zu essen, wie eine Raupe frißt, langsam und stetig, wie aus einem inneren Zwang heraus, und ich betrachtete es feindlich und stumm.

Denn nun war es schon so weit, daß alles an diesem Kind mich aufzuregen und zu ärgern begann. Was für ein albernes, weißes Kleid, was für ein lächerlicher Stehkragen, dachte ich, als das Kind nach dem Essen seinen Mantel aufknöpfte. Ich setzte mich wieder an meine Arbeit, aber dann hörte ich das Kind hinter mir schmatzen, und dieses Geräusch glich dem trägen Schmatzen eines schwarzen Weihers irgendwo im Walde, es brachte mir alles wässerig Dumpfe, alles Schwere und Trübe der Menschennatur zum Bewußtsein und verstimmte mich sehr. Was willst du von mir, dachte ich, geh fort, geh fort. Und ich hatte Lust, das Kind mit meinen Händen aus dem Zimmer zu stoßen, wie man ein lästiges Tier vertreibt. Aber dann stieß ich es nicht aus dem Zimmer, sondern sprach nur wieder mit ihm, und wieder auf dieselbe grausame Art.
Gehst du jetzt aufs Eis? fragte ich.
Ja, sagte das dicke Kind.
Kannst du gut Schlittschuhlaufen? fragte ich und deutete auf die Schlittschuhe, die das Kind noch immer am Arm hängen hatte.
Meine Schwester kann gut, sagte das Kind, und wieder erschien auf seinem Gesicht ein Ausdruck von Schmerz und Trauer, und wieder beachtete ich ihn nicht.
Wie sieht deine Schwester aus? fragte ich. Gleicht sie dir?
Ach nein, sagte das dicke Kind. Meine Schwester ist ganz dünn und hat schwarzes, lockiges Haar. Im Sommer, wenn wir auf dem Land sind, steht sie nachts auf, wenn ein Gewitter kommt, und sitzt oben auf der obersten Galerie auf dem Geländer und singt.
Und du? fragte ich.
Ich bleibe im Bett, sagte das Kind. Ich habe Angst.
Deine Schwester hat keine Angst, nicht wahr? sagte ich.
Nein, sagte das Kind. Sie hat niemals Angst. Sie springt auch vom obersten Sprungbrett. Sie macht einen Kopfsprung, und dann schwimmt sie weit hinaus ...
Was singt deine Schwester denn? fragte ich neugierig?
Sie singt, was sie will, sagte das dicke Kind traurig. Sie macht Gedichte.

Und du? fragte ich.
Ich tue nichts, sagte das Kind. Und dann stand es auf und sagte, ich muß jetzt gehen. Ich streckte meine Hand aus, und es legte seine dicken Finger hinein, und ich weiß nicht genau, was ich dabei empfand, etwas wie eine Aufforderung, ihm zu folgen, einen unhörbaren dringlichen Ruf. Komm einmal wieder, sagte ich, aber es war mir nicht ernst damit, und das Kind sagte nichts und sah mich mit seinen kühlen Augen an. Und dann war es fort, und ich hätte eigentlich Erleichterung spüren müssen. Aber kaum, daß ich die Wohnungstür ins Schloß fallen hörte, lief ich auch schon auf den Korridor hinaus und zog meinen Mantel an. Ich rannte ganz schnell die Treppe hinunter und erreichte die Straße in dem Augenblick, in dem das Kind um die nächste Ecke verschwand.
Ich muß doch sehen, wie diese Raupe Schlittschuh läuft, dachte ich. Ich muß doch sehen, wie sich dieser Fettkloß auf dem Eise bewegt. Und ich beschleunigte meine Schritte, um das Kind nicht aus den Augen zu verlieren.
Es war am frühen Nachmittag gewesen, als das dicke Kind zu mir ins Zimmer trat, und jetzt brach die Dämmerung herein. Obwohl ich in dieser Stadt einige Jahre meiner Kindheit verbracht hatte, kannte ich mich doch nicht mehr gut aus, und während ich mich bemühte, dem Kinde zu folgen, wußte ich bald nicht mehr, welchen Weg wir gingen, und die Straßen und Plätze, die vor mir auftauchten, waren mir völlig fremd. Ich bemerkte auch plötzlich eine Veränderung in der Luft. Es war sehr kalt gewesen, aber nun war ohne Zweifel Tauwetter eingetreten und mit so großer Gewalt, daß der Schnee schon von den Dächern tropfte und am Himmel große Föhnwolken ihres Weges zogen. Wir kamen vor die Stadt hinaus, dorthin, wo die Häuser von großen Gärten umgeben sind, und dann waren gar keine Häuser mehr da, und dann verschwand plötzlich das Kind und tauchte eine Böschung hinab. Und wenn ich erwartet hatte, nun einen Eislaufplatz vor mir zu sehen, helle Buden und Bogenlampen und eine glitzernde Fläche voll Geschrei und Musik, so bot sich mir jetzt ein ganz anderer Anblick.

Denn dort unten lag der See, von dem ich geglaubt hätte, daß seine Ufer mittlerweile alle bebaut worden wären: er lag ganz einsam da, von schwarzen Wäldern umgeben, und sah genau wie in meiner Kindheit aus.
Dieses unerwartete Bild erregte mich so sehr, daß ich das fremde Kind beinahe aus den Augen verlor. Aber dann sah ich es wieder, es hockte am Ufer und versuchte, ein Bein über das andere zu legen und mit der einen Hand den Schlittschuh am Fuß festzuhalten, während es mit der andern den Schlüssel herumdrehte. Der Schlüssel fiel ein paar Mal herunter, und dann ließ sich das dicke Kind auf alle viere fallen und rutschte auf dem Eis herum und suchte und sah wie eine seltsame Kröte aus. Überdem wurde es immer dunkler, der Dampfersteg, der nur ein paar Meter von dem Kind entfernt in den See vorstieß, stand tiefschwarz über der weiten Fläche, die silbrig glänzte, aber nicht überall gleich, sondern ein wenig dunkler hier und dort, und in diesen trüben Flecken kündigte sich das Tauwetter an. Mach doch schnell, rief ich ungeduldig, und die Dicke beeilte sich nun wirklich, aber nicht auf mein Drängen hin, sondern weil draußen vor dem Ende des langen Dampfersteges jemand winkte und »Komm Dicke« schrie, jemand, der dort seine Kreise zog, eine leichte, helle Gestalt. Es fiel mir ein, daß dies die Schwester sein müsse, die Tänzerin, die Gewittersängerin, das Kind nach meinem Herzen, und ich war gleich überzeugt, daß nichts anderes mich hierhergelockt hatte als der Wunsch, dieses anmutige Wesen zu sehen. Zugleich aber wurde ich mir auch der Gefahr bewußt, in der die Kinder schwebten. Denn nun begann mit einem Mal dieses seltsame Stöhnen, diese tiefen Seufzer, die der See auszustoßen scheint, ehe die Eisdecke bricht. Diese Seufzer liefen in der Tiefe hin wie eine schaurige Klage, und ich hörte sie, und die Kinder hörten sie nicht.
Nein gewiß, sie hörten sie nicht. Denn sonst hätte sich die Dicke, dieses ängstliche Geschöpf, nicht auf den Weg gemacht, sie wäre nicht mit ihren kratzigen unbeholfenen Stößen immer weiter hinausgestrebt, und die Schwester drau-

ßen hätte nicht gewinkt und gelacht und sich wie eine Ballerina auf der Spitze ihres Schlittschuhs gedreht, um dann wieder ihre schönen Achter zu ziehen, und die Dicke hätte die schwarzen Stellen vermieden, vor denen sie jetzt zurückschreckte, um sie dann doch zu überqueren, und die Schwester hätte sich nicht plötzlich hoch aufgerichtet und wäre nicht davongeglitten, fort, fort, einer der kleinen einsamen Buchten zu.
Ich konnte das alles genau sehen, weil ich mich darangemacht hatte, auf dem Dampfersteg hinauszuwandern, immer weiter, Schritt für Schritt. Obgleich die Bohlen vereist waren, kam ich doch schneller vorwärts als das dicke Kind dort unten, und wenn ich mich umwandte, konnte ich sein Gesicht sehen, das einen dumpfen und zugleich sehnsüchtigen Ausdruck hatte. Ich konnte auch die Risse sehen, die jetzt überall aufbrachen und aus denen wie Schaum vor die Lippen des Rasenden, ein wenig schäumendes Wasser trat. Und dann sah ich natürlich auch, wie unter dem dicken Kinde das Eis zerbrach. Denn das geschah an der Stelle, an der die Schwester vordem getanzt hatte und nur wenige Armlängen vor dem Ende des Stegs.
Ich muß gleich sagen, daß dieses Einbrechen kein lebensgefährliches war. Der See gefriert in ein paar Schichten, und die zweite lag nur einen Meter unter der ersten und war noch ganz fest. Alles, was geschah, war, daß die Dicke einen Meter tief im Wasser stand, im eisigen Wasser freilich und umgeben von bröckelnden Schollen, aber wenn sie nur ein paar Schritte durch das Wasser watete, konnte sie den Steg erreichen und sich dort hinaufziehen, und ich konnte ihr dabei behilflich sein. Aber ich dachte trotzdem gleich, sie wird es nicht schaffen, und es sah auch so aus, als ob sie es nicht schaffen würde, wie sie da stand, zu Tode erschrocken, und nur ein paar unbeholfene Bewegungen machte, und das Wasser strömte um sie herum, und das Eis unter ihren Händen zerbrach. Der Wassermann, dachte ich, jetzt zieht er sie hinunter, und ich spürte gar nichts dabei, nicht das geringste Erbarmen, und rührte mich nicht.
Aber nun hob die Dicke plötzlich den Kopf, und weil es

jetzt vollends Nacht geworden und der Mond hinter den Wolken erschienen war, konnte ich deutlich sehen, daß etwas in ihrem Gesicht sich verändert hatte. Es waren dieselben Züge und doch nicht dieselben, aufgerissen waren sie von Willen und Leidenschaft, als ob sie nun, im Angesicht des Todes, alles Leben tränken, alles glühende Leben der Welt. Ja, das glaubte ich wohl, daß der Tod nahe und dies das letzte sei, und beugte mich über das Geländer und blickte in das weiße Antlitz unter mir, und wie ein Spiegelbild sah es mir entgegen aus der schwarzen Flut. Da aber hatte das dicke Kind den Pfahl erreicht. Es streckte die Hände aus und begann sich heraufzuziehen, ganz geschickt hielt es sich an den Nägeln und Haken, die aus dem Holze ragten. Sein Körper war zu schwer, und seine Finger bluteten, und es fiel wieder zurück, aber nur, um wieder von neuem zu beginnen. Und das war ein langer Kampf, ein schreckliches Ringen um Befreiung und Verwandlung, wie das Aufbrechen einer Schale oder eines Gespinstes, dem ich da zusah, und jetzt hätte ich dem Kinde wohl helfen mögen, aber ich wußte, ich brauchte ihm nicht mehr zu helfen – ich hatte es erkannt.

An meinen Heimweg an diesem Abend erinnere ich mich nicht. Ich weiß nur, daß ich auf unserer Treppe einer Nachbarin erzählte, daß es noch jetzt ein Stück Seeufer gäbe mit Wiesen und schwarzen Wäldern, aber sie erwiderte mir, nein, das gäbe es nicht. Und daß ich dann die Papiere auf meinem Schreibtisch durcheinandergewühlt fand und irgendwo dazwischen ein altes Bildchen, das mich selbst darstellte, in einem weißen Wollkleid mit Stehkragen, mit hellen, wäßrigen Augen und sehr dick.

Die späten Abenteuer

Als ob es für einen alten Mann keine Abenteuer mehr gäbe. Das eine vor allem: fortziehen, wohin, über die Grenze, die Grenzen sind offen, die Kinder sind versorgt. Irgendwo leben, wo man die Peterskuppel sehen kann, etwas Gewaltiges ist die Peterskuppel, ein Stück Himmelsarchitektur, über der Erde schwebend und eigentlich gar nicht in Verbindung mit der Kirche, in die man nicht gehen mag, weil sie etwas für Fremde und Bettler ist. Hoch oben wohnen, es werden jetzt so hohe Häuser gebaut, einen Aufzug gibt es immer, wenn auch einen klapprigen mit erschreckenden Geräuschen, aber das Drahtseil hält. Das oberste Stockwerk heißt *attico* und ist ein Häuschen auf dem flachen Dach, mit Terrassen auf drei Seiten, wer Geld hat, kann sich dort einen Garten anlegen, Rosen, Oleander, Gelsominen, wie an den Brunnen von Palermo, die duften süß. Ehe man dort hinzieht, verkauft man alles Angeschwemmte, behält nur das Liebste, drei Regale voll Bücher, einen chinesischen Seidenstoff mit Sonnen und Vögeln, glänzend und schwebend, und einen riesigen, festen Tisch. Eine Hilfe sollte man haben, wenn man ein Mann ist und allein und alt. Aber die alten Frauen, die zu alten Männern in Dienst gehen, die mag man nicht, die mochte er nicht, der alte Herr Seume, der seit einigen Jahren auf einem der sieben Hügel Roms wohnte und auf die Peterskuppel hinübersah. Also suchte er einen Mann, der Diener und Koch war in einer Person, und fand ihn auch. Roberto, einen hochfahrenden jungen Menschen, der sich auf Kosten des Herrn gleich drei Hilfskräfte hielt, die aber der Herr nicht zu sehen bekam, nur früh und spät forthuschen sah, wie Hühner verscheucht. Roberto, der die Besucher des alten Herrn Seume so unterschiedlich behandelte, die hochmütigen, unwirschen wie Fürsten und die freundlichen, hilfreichen wie Dreck. Roberto, der sich auf die feine Küche verstand, auch aufs Anrichten, schön und zierlich, nur daß der alte Herr Seume bald nach seinem Einzug in das Himmelsquartier Diät halten mußte, seines Magens wegen, der manchmal heftig schmerzte, aber auch, weil der Blutdruck zu hoch war und Schwindel verursachte und seltsame Zustände von Benommenheit und Angst. Also war es bald aus mit den Speisen, mit denen Roberto sich eingeführt hatte, der Hummermayonnaise und den kleinen, goldgelben *Vol au vents* mit der negerbraunen, glänzenden Schokoladencreme als Füllung und dem Häufchen Schlagrahm als Hut. Ein junger Krieger, dachte Herr Seume, wenn Roberto ihm servierte, in der Livree, die aus Botschafterzeiten stammte und glitzernde Epauletten hatte wie eine Uniform. Ein junger Krieger, der Grießbrei anbietet, aber doch ein Soldat, und der Grießbrei ist seine Waffe und eine tödliche zuletzt. Denn der alte Herr Seume wollte nicht wahrhaben, daß sein Hausarzt, ein liebenswürdiger Tiroler, der mit ihm ermunternde Späße trieb, solcher Kost das Wort redete, ja, den Roberto beim Kommen und Gehen jedesmal zur Strenge ermahnte. Roberto war an allem schuld, Roberto, der seinen Launen so freien Lauf ließ, Roberto, der so schön singen konnte, nachts auf der Terrasse, aber von Herrn Seume befragt, stritt er es ab, und weil Herr Seume einmal durch die Läden gespäht und eine dem Diener ähnliche Gestalt dort draußen hatte stehen sehen, glaubte er, daß Roberto einen Zwillingsbruder hätte, der manchmal in der Nacht zu Besuch käme, ihn in den Schlaf zu singen, zwei schöne Brüder, Hypnos und Thanatos, und Roberto war Thanatos, der Tod. Nicht daß Herr Seume beständig so überschwenglich an seinen Diener gedacht hätte, er hatte viel Ärger mit ihm und beklagte sich auch bei seinen Freunden über ihn und nahm sich vor, ihn zu entlassen und einen anderen zu suchen, nur daß er dazu schließlich doch keine Lust hatte und auch keine Zeit.

Denn mit der Zeit, die der alte Herr Seume nach Ansicht all seiner Bekannten so reichlich zur Verfügung hatte, stand es in Wirklichkeit ganz anders, nämlich schlecht, und schlechter mit jedem Tag. Sie zerrann ihm zwischen den Fingern, gleich, nachdem das Frühstück abgetragen war, brachte Roberto schon das Mittagessen, und nur ein paar Worte standen in frischer Tinte auf dem Papier, das heißt auf einem der zahllosen kleinen Zettel, die Herrn Seumes riesigen Schreibtisch bedeckten. Zwischen dem Frühstück und dem Mittagessen war ein schwarzes Loch, in dem die großen blütenartigen Sonnen von dem chinesischen Wandbehang langsam auf und nieder schwebten, sonst nichts. Es kam aber auch vor, daß Herr Seume den ganzen Tag wach, ja, überwach war und daß er, den Kopf dicht aufs Papier gebeugt, schrieb und schrieb, lauter neue blitzende Gedanken über die Wesensart und das Verhalten der Menschen, Gedanken, die wohl wert gewesen wären, gedruckt zu werden, nur daß Herr Seume sie am Abend, wenn er das Geschriebene überlesen wollte, nicht mehr auffaßte, ja, manchmal keinen einzigen Satz mehr verstand. Das waren die Abende, an denen Herr Seume auf seiner breiten, langen Terrasse auf und ab ging und die neuen Schößlinge seiner gelben Rosen betrachtete, und wenn dann ein Besucher kam und den herrlichen Ausblick auf die schwarzen Pinien und die Peterskuppel rühmte, deutete Herr Seume auf den Platz, der tief unten lag, und sagte, es zieht hinunter, und machte die sonderbare nervöse Grimasse, die er sich in der letzten Zeit angewöhnt hatte und die manchmal einem unangebrachten Lächeln, manchmal aber auch einem teuflischen Grinsen glich.

Nun muß man jedoch nicht denken, daß diese Geschichte damit endet, daß man den alten Herrn Seume eines Tages zerschmettert dort unten fand. Seine Tage waren gezählt, aber es war in diesen gezählten Tagen noch etwas verborgen, wie ein Goldstück in einem Wunderknäuel, ein Erlebnis, das sichtbar wird, wenn sich die Tage abspulen, und das taten sie im Falle des alten Herrn Seume, von einem gewaltsamen Durchschneiden des Lebensfadens konnte die Rede nicht sein. Das Erlebnis stand im rechten Gegensatz zu der strengen Zucht und dem finsteren Wesen des schönen Roberto, es war heiter, rund und durchaus weiblich und hatte mit guten, fetten Speisen und starkem rotem Wein zu tun. Es begann an einem Sonntag, als Roberto Ausgang hatte und Herr Seume den Entschluß faßte, das karg diätisch hergerichtete Abendmahl kurzerhand in die Toilette zu schütten und auswärts essen zu gehen, freilich nicht mit dem Taxi in die

Stadt hinunter, sondern zu Fuß in eines der Gartenrestaurants in der Nähe, das sich eines guten Rufs erfreute. Eine junge Frau bediente ihn da und tat es ihm an, da sie ernste Augen und ein fröhliches, sinnliches Lachen hatte und ihn versorgte wie eine Tochter, wie seine Tochter, die weit fort ihr eigenes Leben hatte. Auch die hübsche Caterina hatte ihr eigenes Leben und ihre eigenen Sorgen, an denen sie Herrn Seume teilnehmen ließ, nicht gleich am ersten Abend, aber an manchen folgenden, die Herr Seume unter dem Vorwand, eingeladen zu sein, in dem von Pinien beschatteten Wirtshausgarten verbrachte. Caterina, die, von ihrem Geliebten verlassen, bei dem Onkel Gastwirt aushalf, setzte sich zu ihm an den Tisch, legte die Serviette über seine Knie und schenkte den verbotenen Wein ein, den er, da seine Hände leicht zitterten, sonst verschüttet hätte. Hatte sie zu tun, schickte sie ihr Söhnchen, das Kind der Liebe, dessen ernsthafter Eifer den alten Mann rührte und mit dem er phantastische Späße trieb, wie er es mit den eigenen Enkeln nie getan hatte – erst der Unvernunft des hohen Alters gelingt es, den größeren Bogen zu schlagen. Von Caterina wurde er als Mann und Berater genommen, ohne Berechnung auch als ein Geschenk des Himmels, da er ihre Rechnungen bezahlte und ihr kleine Geschenke gab. Von der Gesundheit des Herrn Seume war hier nicht die Rede, oder doch nur auf die einfache, volkstümliche Weise, nach der ein kräftiges Essen, ein feuriger Wein Hilfsmittel für alles, Leibes- und Seelennöte, sind. Weißen harten Fenchel, im Wasser schwimmend, aß Herr Seume, Nudeln in hitziger roter Sauce, Leber mit Speckstückchen, gebraten am Spieß. Man wußte nichts von seinen Leiden, konnte sie nicht einmal ermessen, und Caterina, hätte sie ihn am Schreibtisch sitzen und Unsinniges und Tiefsinniges mühsam zu Papier bringen sehen, hätte auf jeden Fall die tiefste Ehrfurcht empfunden. In ihrer Gegenwart fühlte Herr Seume sich jung und gesund, die merkwürdigen Zustände, die solchen Gelagen folgten, nahm er leicht, fast als Zeichen der Genesung, hin. Eines Abends, als das blasse Kind um seinen Teller ein Papierschiffchen wie um eine runde Insel schob, kam ihm ein Gedanke, der ihn entzückte. Möchtest du verreisen, fragte er, und der Bub ließ das Schiffchen sogleich stehen und starrte ihn überwältigt an. Eine Wallfahrt, fragte er, Tre Scaline? Madonna di Ponpei? Dort war die Mutter einmal gewesen und hatte dem Kinde viel erzählt, auch von der großen Stadt Neapel und den Schiffen, die im Hafen vor Anker liegen. Keine Wallfahrt, sagte Herr Seume erregt und dachte im Geheimen, eine Wallfahrt doch, aber eine heidnische, zu den griechischen Inseln, die, Wunder über Wunder, auftauchen und nähergleiten auf dem gefährlich schwankenden Meer. Eine solche Reise mit Caterina und dem Knaben zu machen, erschien ihm plötzlich unsagbar begehrenswert, schon zeichnete er auf die Speisekarte mit unsicherer Hand und recht im Zickzack die Schiffsroute, Thasos, Lindos, Mykonos, Santorin, Samothrake, Kos. Er sagte Caterina noch nichts von seinen Plänen, erst mit den Fahrkarten in der Hand wollte er sie überraschen, sie auch dann erst loskaufen von ihrer übernommenen Pflicht. Er verabschiedete sich und ging heim, wo er zu seinem Verdruß Roberto schon antraf, der ihn mit strengen Blicken musterte, auch später nicht zu Bett ging, sondern sich unter allerlei Vorwänden immer wieder ins Zimmer schlich, wo Herr Seume noch um Mitternacht stand und, sonderbare Namen vor sich hinmurmelnd, den Diener anstarrte mit glasigem Blick. Als er endlich zu Bett lag, hörte Herr Seume auf der Terrasse draußen wieder einmal Singen und dachte, der unverschämte Kerl, er behält seinen Bruder über Nacht hier, aber ohne Zorn. Am nächsten Morgen ließ er ein Taxi kommen und fuhr zum Bahnhof Termini, wo die schöne Schwingung der Vorhalle den Ankommenden wie eine starke und sanfte Welle in die Stadt hineinträgt wie auf einen ewig heimatlichen Strand. Den alten Herrn Seume berührte die Schwinge nicht, ihn trug es hinaus, und so reisesüchtig war er mit einemmal, daß er sich an seinem eigentlichen Ziel, dem Büro für Zug- und Schiffsreisen, vorbeischieben ließ, den Bahnsteigen zu. Von seiner hohen, stillen Dachterrasse mit ihrer reinen Luft in das stinkende, schreiende, wirbelnde Menschengewühl wie aus dem Himmel auf die Erde, wie aus dem Tod ins Leben versetzt, ließ er sich puffen und stoßen und empfand all dies nicht als lästig, sondern wie eine Befreiung, ein Aufgenommenwerden im Greifbaren und Begreiflichen, dem er sich sein Leben lang ferngehalten hatte. Durch Zufall von einer Schar junger Fußballspieler umringt, nickte er freundlich nach allen Seiten, sein nervöses Gesichtszucken stellte sich auch ein und wurde als spaßhafte, vielleicht sogar anzügliche Gebärde gedeutet, auch wurde Herr Seume als Fremder sogleich erkannt und gutmütig aufs Korn genommen, endlich auch zum Sitzen aufgefordert, da man sich, geschoben und gezerrt, gerade bei den Eisenstühlchen und Tischchen der Bar befand. Auf ein solches kaltes Stühlchen ließ sich der alte Herr Seume, vielleicht schon von einer leichten Schwäche überkommen, nun tatsächlich fallen, wonach die jungen Leute, in der Hoffnung, von dem reichen Amerikaner reich bewirtet zu werden, anfingen, ihn auf spaßhaft übertriebene Weise zu bedienen. Der alte Herr Seume sah die jungen Gesichter sich zugeneigt und hinter ihnen die leuchtenden Buchstaben, die auftauchten und verschwanden, und die Räder, die sich drehten, und jenseits der Sperre die Züge, die hereinkamen und wieder fortglitten. Er hörte das ungeheure Getöse des großen Bahnhofs und spürte, wie ein jäher Frühlingsduft von blühenden Mimosen den Dunst von Schweiß und Zigarettenrauch, von Gebratenem und Gebackenem durchdrang. Wohin reisen Euer Exzellenz, riefen die jungen Männer, und wieder zeichnete Herr Seume mit zitternden Fingern, aber schwungvoll die Schiffsroute, Thasos, Lindos, Mykonos, Samothrake, Kos. Mittendrin sprang er auf und wollte zur Kasse, einen großen Geldschein wie ein Fähnchen in der Hand schwingend. Da warf ihn der Schwindel zwischen die Tische und Stühle, wo ihn ein paar der fröhlichen Knaben, die ihm dienstfertig nachgelaufen waren, gerade noch auffangen konnten, ehe er sich das Gesicht zerschlug. Ein Sofa gab es weit und breit nicht, auch keine Bank, auf der Herr Seume sich hätte ausstrecken können, also saß er gegen die Leiber der Fußballer wie gegen eine lebendige Mauer gestützt auf einem der Eisenstühlchen und kam langsam so weit zu sich, daß er

seine Adresse nennen und ein Taxi besteigen konnte. Den
großen Geldschein hatte ein Junge aufgefangen, hatte die
Rechnung bezahlt und den genauen Rest dem Herrn Seume
wieder in die Tasche geschoben, nun winkten sie alle beim
Abschied, ein wenig betroffen, weil sie plötzlich einsahen,
wer sie bewirtet hatte, das Alter, vielleicht der Tod. Einer
noch schwang sich im letzten Augenblick auf das Trittbrett
und zum Fahrer, brachte Herrn Seume auf den Hügel
und ins Himmelsquartier, wurde aber von Roberto mit so
unverhohlenem Mißtrauen empfangen, daß er sich bald ent-
fernte, was Herrn Seume nur recht war, so wenig wie möglich von seinem Abenteuer sollte Roberto zu Ohren kommen. Der fragte nicht viel, er brachte seinen Herrn zu Bett
und telefonierte mit dem Arzt, der dann noch in der Nacht
seinen Besuch machte und Herrn Seume das Ausgehen auf
ungewisse Zeit verbot.

Herr Seume war darüber weniger ungehalten, als man hätte
annehmen können. Auf ungewisse Zeit – ach, die Zeit des
Herrn Seume war schon von sich aus eine ungewisse, die
mit Morgen und Abend, Tag und Nacht willkürlich um-
sprang und die nun schon manchmal bei hellem Tageslicht
Robertos Zwillingsbruder auf der Terrasse singen ließ. Roberto freilich wollte es nicht wahrhaben, er blickte Herrn
Seume streng an und sagte, es sei niemand draußen und
niemand in der Wohnung, der Arzt habe jeden Besuch ver-
boten. In der Tat hörte der Herr mehrmals, wenn es ge-
schellt hatte, an der Eingangstür leise und heftig sprechen,
und einmal kam es ihm in den Sinn, Caterina sei es, die da
Einlaß begehrte, er glaubte ihre Stimme zu hören, und nun
war er mit einemmal wieder zu Hause, fuhr mit ihr und einer
andern traumhaften Caterina von Insel zu Insel, schüttelte
nicht für ein traumhaftes Söhnchen Schmetterlinge vom Baum.
Er stand auf und schlich sich auf die Terrasse, wobei ihn
von neuem ein heftiger Schwindel überkam. Dort unten
aber trat Caterina aus dem Haus, sie hatte das Kind nicht
bei sich, ganz klein und verloren, ein fernes Figürchen, stand
sie in der grellen Mittagssonne und hob jetzt den Blick,
und Herr Seume beugte sich über die Brüstung und bewegte

73

seinen weißen Kopf rätselhaft hin und her. Da winkte Caterina nur schnell und lief fort, quer über den Platz und um die Ecke und sah auch nicht mehr zurück, vielleicht aus Besorgnis, Herr Seume möge sich allzuweit vorbeugen und das Gleichgewicht verlieren. Das Gleichgewicht aber meinte Herr Seume nun gerade wiedergewonnen zu haben, den Sinn für oben und unten und für heute und morgen, und heute wollte er noch zu Hause bleiben und den Roberto mit großer Fügsamkeit in Sicherheit wiegen, aber morgen ihn mit einem Auftrag fortschicken und seinerseits das Haus verlassen. Bei diesem Gedanken wurde Herr Seume so guter Laune, daß er sich an seinen Schreibtisch setzte, wo Roberto die zahllosen, von Herrn Seume in der letzten Zeit mit kleiner, feiner Schrift bedeckten Zettel auf mehrere Haufen geschichtet hatte, und diese Zettel nahm Herr Seume nun zur Hand und las und verstand alles und wunderte sich, was das für Gedanken waren, klarere, kühnere als je zuvor. Über den Tisch gebückt, laut vor sich hinredend, fand ihn Roberto und trieb ihn ins Bett zurück, wo Herr Seume die Zettel verstreute und über ihnen einschlief, ein begeistertes Lächeln auf dem Gesicht. Am nächsten Morgen erinnerte er sich sehr wohl seines Vorhabens, er schrieb, aber erst am Nachmittag, ein winziges Briefchen an eine sehr weit entfernt wohnende Bekannte und schickte Roberto damit auf den Weg. Roberto ging gutwillig, aber als er fort war und Herr Seume sich anziehen wollte, stellte sich heraus, daß Roberto den Kleiderschrank abgeschlossen und den Schlüssel versteckt oder mitgenommen hatte und daß auch Herrn Seumes Hausschlüssel, die auf der Kommode im Korridor ihren bestimmten Platz hatten, fehlten. Herr Seume dachte nicht daran, sich zufriedenzugeben, auch einen Roberto kann man überlisten, auch einen Engel mit einem flammenden Schwert. In einem Mottenkoffer in der Besenkammer waren noch alte Kleider, von denen Roberto nichts wußte, besonders ein uralter, sehr langer Mantel, der den Schlafanzug völlig bedeckte, und auch ein altes lächerliches Jägerhütchen, von dem Herr Seume sich nie hatte trennen können. In dem grauen, schon zerlöcherten Mantel, das staubige Hütchen auf dem Kopf, ging Herr Seume die Treppe hinunter, ja, zu Fuß all die vielen Treppen, weil er für die Fahrstuhltür keinen Schlüssel hatte. Er ging am Fenster des Portiers vorüber, der mochte ihn für einen Bettler halten und schalt hinter ihm her. Weil Herr Seume nicht erkannt sein wollte, trat er rasch auf den Platz hinaus, wo die Nachmittagssonne glühte, ein wenig zu rasch, und schon schwindelte ihm wieder, und er war geblendet und schlug die falsche Richtung ein. Er merkte es auch gar nicht, so schwer war das Zufußgehen, so ungewohnt war es ihm, all die heftigen Geräusche zu bestehen. Die Straße trug ihn bergauf, dann wieder bergab, an Gartenmauern hin, bergab hätte es nicht gehen dürfen, und Herr Seume dachte einen Augenblick daran zu fragen, nur wußte er plötzlich nicht mehr, was er fragen sollte und was eigentlich sein Ziel gewesen war. Ein klappriges Taxi fuhr an ihm vorüber und hielt an, und der Fahrer beugte sich heraus und forderte ihn auf, einzusteigen, er suche keine Kundschaft mehr, er führe nach Hause. Daß der zerlumpte Alte, statt sich zu ihm nach vorn zu setzen, die hintere Tür öffnete und sich wie ein großer Herr in die Polster fallen ließ, belustigte den Fahrer sehr; wohin befehlen? spottete er, nach San Pietro, und behandelte Herrn Seume wie einen vornehmen Fremden, der nichts weiß und nichts versteht. Herr Seume war froh, zu sitzen, er nickte, und sein Gesicht verzog sich zu der alten Grimasse, die der Fahrer für ein spaßhaftes Einverständnis nahm. So machte er auch weiterhin den Fremdenführer, sagte Porta San Pancrazio und Garibaldi, und schon waren zur Seite kleine Gärten mit Bambus und grünem Salat. Der Wagen rollte jetzt im Leerlauf im tollsten Tempo bergab, hielt mit einem Ruck beim roten Licht und fuhr dann, während rechts der Tunnel wie ein Höllenrachen gähnte, wirklich auf die mächtigen abendlichen Kolonnaden der Peterskirche zu.

Herr Seume griff in die Tasche, er hatte kein Geld, daß er so erstaunt immer weiter danach suchte, nahm der Fahrer als den letzten, köstlichsten Scherz. Er ließ Herrn Seume aussteigen und am Brunnen stehen, wo der Wind ihm das Regenbogenwasser ins Gesicht schleuderte, und die Kolonnaden begannen zu wandern und gingen langsam, aber unaufhörlich im Kreise um ihn herum. Herr Seume trat auf die breite Treppe zu und stieg mit großer Mühe ein paar der flachen Stufen hinauf, da stand im Mantel und Dreispitz eines Kirchenhüters Roberto und hob mit feierlicher Gebärde den Stab. Aber dann war es doch nicht Roberto, sondern sein Bruder, den es nicht hatte geben sollen, aber jetzt gab es ihn doch, denn er sang mit hundert Stimmen aus der Kirche heraus. Eine Frau, die dort herkam, gab Herrn Seume eine Münze, und dieser nahm sie ernsthaft und demütig und schob sie unter die Zunge, wie ein Kind alles, was man ihm gibt, zum Mund führt. Er wollte nicht in die Kirche, mußte auch nicht, er konnte sich ganz langsam hinfallen lassen, auf die Knie, auf die Hände, auf die Stirn. Er konnte sich auf den königlichen Stufen von St. Peter ausstrecken und ruhen, bis er aufgehoben und fortgetragen wurde, ein fremder Bettler und tot.

Nachwort

»Auf Weltverbesserung zielt jedes Schreiben, sei es durch die intensive Bemühung, Stoff und Form in der einzig gültigen Weise zu verbinden, sei es durch die Sichtbarmachung von Dingen und Kräften, die dem rasch und flüchtig Lebenden verborgen bleiben müssen.« Marie Luise Kaschnitz (1901–74) schrieb diese Sätze. Sie stehen in einem Aufsatz, den im Jahre 1964 die Umfrage »Schwierigkeiten, heute die Wahrheit zu schreiben«, verursacht hat. Im zitierten Satz ist eine Forderung enthalten, die Marie Luise Kaschnitz für alle Dichter und Schriftsteller aussprechen wollte; an erster Stelle jedoch für sich selber. Schon die Wörter, die sie gebrauchte und die damals allgemein keine sehr hohe Währung hatten, bezeugen es. »Stoff und Form« und ihre gültige Verbindung waren für sie konstante Werte, und vom »flüchtig Lebenden« wollte sie sich unterscheiden, indem sie intensiv lebte und schrieb, sich verantwortlich fühlte; indem sie objektive Werte vertrat. Indem sie Gegenbilder entwarf und sittliches Verhalten propagierte. Indem sie Warnungen und Beschwörungen aussprach, vornehmlich im Gedicht und in der Prosa.
Sie fühlte sich als Chronistin, als Zeitgenossin, und charakterisierte sich selber so: »Zeitgenossin, großäugig (damit ich dich besser sehen kann), großohrig (damit ich dich besser hören kann).« Der Dichter war für sie »ein Wächter«, dem, im Gegensatz zu den glücklichen Augen des Goetheschen Türmers, »das Unerfreuliche und Häßliche nicht aus dem Sinn kommt, der aber mit seinem beständigen Aufmerken und Festhalten der Schrecknisse diesen selbst schon etwas von ihren Schrecken nimmt«. Sie sagte mit Überzeugung: »Wer ausspricht, bannt.« Sie hatte Erfolg. Richtiger, sie hatte viele Leser, die ihr, gerade dieser Eigenschaften wegen, anhingen. Sie wollte für »Menschen schreiben, die die Mühe des Ungewohnten und des langsam Begreifenden nicht scheuen«. Sie ließ Anteilnahme spüren, »Mitleid mit den Menschen«. Auch wenn sie über sich selber und das, was ihr widerfahren war, schrieb, war es vom Vorsatz grundiert,

etwas weitergeben zu müssen für andere, die in einer vergleichbaren Verfassung lebten. Leser und Verehrer wollten sie als letzte, noch klassische Dichterin verstehen. Sie hat sich dagegen nicht gewehrt.

Das Werk, das Marie Luise Kaschnitz hinterlassen hat, ist authentisch in dem Sinn, daß es alle Stationen von der Kindheit bis ins hohe Alter mitvollzieht, aber auch Erfahrungen mitteilt, die aus diesem Lebensprozeß sich gewinnen lassen. Beobachtungen der Zeit, der geschichtlichen Vorgänge. Beobachtungen dessen, was Menschenleben ausmacht: Liebe und Schmerz, Freude und Trauer, Träume und Ängste. Marie Luise Kaschnitz beschrieb Menschen, die ihr nahestanden und Menschen, die ihr fernstanden, die ärmer, bedürftiger, ahnungsloser waren als sie. Ihr Haß wurde spürbar, wenn sie Selbstzufriedene darstellen und treffen wollte. Sie beschrieb Städte, in denen sie gewohnt hat: Karlsruhe, Potsdam, Weimar, Königsberg, Frankfurt am Main, Rom und viele andere, berühmte und unberühmte Orte, wo sie zu Besuch war. Sie beschrieb Straßen und Plätze, Häfen, Tempel, Kirchen, Schlösser, Museen, Theater, Krankenhäuser, Sanatorien, Villen, Mietshäuser. Sie beschrieb Landschaften und Jahreszeiten, die Bäume, die Blumen, die Katzen. Sie beschrieb das Dorf Bollschweil im Hexental, das sie als ihre Heimat empfand, und sie beschrieb die Mietswohnung im Frankfurter Westend, »in einem rechten Durchschnittsquartier«, wo sie wohl die einsamsten Stunden ihrer letzten Lebensjahre verbracht hat.

Ein Leben, in dem nichts ausgelassen zu sein schien: die Neugier und die Emphase der Jugend, Tätigkeit, Fülle, Erfolg der Lebensmitte, Trauer, Schmerz, Krankheiten, Beschwerden des Alters. Von früher Jugend an hatte sich Marie Luise Kaschnitz gegen das Überkommene, in das sie als Offizierstochter hineingeboren worden war, gewehrt; gegen Treibhäuser, Gitter, Bücherschränke und Büchergelehrsamkeit. Aus der »Niedergeschlagenheit des sehr verehrten Vaters« zog es sie von zu Hause fort in die Stadt, in die Unsicherheit und Selbständigkeit, in einen Beruf. Als Buchhändlerin in Frankfurt hielt sie sich »sehr fern von Goethe«, um dafür den Umwälzungen, wie sie gerade vom Bauhaus ausgingen, desto näher zu sein.

Sie fühlte sich mitbetroffen, als das badische Herrscherhaus 1918 vertrieben wurde, kläglich, durch die Hintertür des Karlsruher Schlosses: »– ich und meine Altersgenossen fanden es in Ordnung, daß die Welt unserer Kindheit unterging«. Ein Possenspiel jedoch gegen das, was von 1933 an begann: das Dritte Reich, unter dem sie schlechten Gewissens litt, weil sie nicht zu denen gehörte, die heimlich Flugblätter druckten oder ihr Leben aufs Spiel setzten. Sie und ihr Mann, der Archäologe Guido von Kaschnitz-Weinberg, den sie in Rom kennengelernt hatte, hielten sich ›aufrecht‹ an der Wissenschaft, an der Geschichte mittelmeerischer Kulturen. Sie erzählte griechische Mythen nach (*Griechische Mythen*, 1943). Sie schrieb und publizierte zwei Romane (*Liebe beginnt*, 1933; *Elissa*, 1937), die sie später lieber verschwieg. Sie befaßte sich mit der Biographie Gustave Courbets, des ersten realistisch-revolutionären Malers (*Gustave Courbet. Roman eines Malerlebens*, 1949). Sie schrieb die ersten Gedichte, noch wohlklingende, in tradierte Formen gepreßte Gedichte, in denen die Bilder des Grauens ebenso koloriert waren wie die Bilder der Zuversicht.

Mit den vielen anderen Einwohnern der Stadt Frankfurt ertrug sie zwischen 1941 und 1945 die Zerstörungen des Luftkriegs. Das Ende schließlich, Nachkriegszeit und Nachkriegsnot. Sie wurde aktiv im allgemeinen ›Metanoeite‹. Sie schrieb für die Zeitschrift *Die Wandlung*, und ihre Gedichte sprachen zum erstenmal zu einem Gegenüber. In den Gedichten ihres Bandes *Totentanz und Gedichte zur Zeit* (1947) und des Bandes *Zukunftsmusik* (1950) waren Ebenmaß und Wohlklang unterbrochen von den Schreien der Verzweiflung, der Angst und des Mitgefühls. In anderen Gedichten wurden reale Vorgänge aufgezählt. Eines hieß *Blick aus dem Fenster*. In ihm kehrt die Zeile wieder:

Aus dem Fenster beugst Du Dich, schaust.

Und die Frage wiederholt sich:

Was ist drunten zu sehen?

Not und Elend waren zu sehen. Bilder, weit entfernt von den Bildern früherer Gedichte, welche die Szenerien südlicher Länder evoziert hatten:

> Brandschutt vielleicht ist zu sehen, rostrote Spiralen,
> Wie glühende Schlangen gebäumt überm Saume der
> Straße ...
> Wie Kehrichteimer vielleicht, denen stinkende Fäulnis
> Aus den halboffenen Mäulern hervorquillt.

Manchmal handelten die Gedichte vom Gedicht selber. Sie reflektierten über seine Sprache, seine Wörter, und wie sie sich zu unterscheiden hätten vom Gedicht vorher:

> Was mir zufällt, nehm ich,
> Es zu kämmen gegen den Strich,
> Es zu paaren, widernatürlich,
> Es zu scheren,
> In Lauge zu waschen,
> Mein Wort.

Marie Luise Kaschnitz nahm das Amt des Dichters so wörtlich, daß sie keinen Tag ausließ, den sie nicht beobachtet hätte. Sie hielt sich ›Merkbücher‹, in denen sie notierte, was sie sah und hörte. Die ›Merkbücher‹ wurden zu ›Tagebüchern‹, also forderten sie eine zusätzliche Gestaltungskraft. Sie halfen ihr, die Zeit zu vertreiben; die ›Wartezeit‹ mit Erinnerungen, Beschreibungen, Selbstgesprächen, Gedankenspielen auszufüllen. Sie halfen, sich zu retten vor dem übergroßen Schmerz über den Tod des geliebten Mannes. Sie publizierte die Tagebücher: *Engelsbrücke. Römische Betrachtungen* (1955), *Wohin denn ich* (1963), *Tage, Tage, Jahre* (1968). Oft wurden die ›Merkbücher‹ auch zu ›Projektbüchern‹ ihrer Geschichten. In ihnen ist sie am weitesten zurückgetreten. Da haben andere Gestalten das Vorrecht des Auftritts. Sympathische und unsympathische Menschen, übersensible und abgebrühte, sonderbare und tapfere Männer und Frauen, die, ohne eine Orientierung zu haben, verstrickt sind in die Widrigkeiten des Daseins, sie bezwingen oder an ihnen zugrunde gehen. Kinder und Halbwüchsige spielen in

den Geschichten eine besondere Rolle. Sie sind naiv, sensibel, ehrlich, manchmal auch bösartig. Ihre Eltern finden sie »entsetzlich«, wie Rosie Walter in der Erzählung »Lange Schatten«.
In der Erzählung »Das dicke Kind« – 1951 zum erstenmal veröffentlicht und öfter nachgedruckt als alle anderen Geschichten – ist Marie Luise Kaschnitz selber zu erkennen im verzerrten Spiegelbild der Erinnerung: »Ein altes Bildchen, das mich selber darstellte, in einem weißen Wollkleid mit Stehkragen, mit hellen wäßrigen Augen und sehr dick.«
In der Erzählung »Am Circeo« bekennt sich Marie Luise Kaschnitz ganz zu der Frau, die am italienischen Strand Ferien verbringt. Eine Frau, die der Landschaft und der Kultur nahe sein will, die ihr verstorbener Mann so geliebt hat; die aber auch wieder »schreiben, beschreiben« und weiterleben will.
Nach und zwischen den beiden Erzählungsbänden (*Lange Schatten*, 1960; *Ferngespräche*, 1966) veröffentlicht Marie Luise Kaschnitz in regelmäßiger Reihenfolge Gedichte in Zeitschriften, Anthologien und eigenen Bänden. Im Sammelband *Überallnie* (1965) gab sie eine selbstkritische Auswahl ihrer Gedichte zwischen 1928 und 1965 heraus. Sie zeigte darin die Spannweite und Entwicklung als Lyrikerin; ihren Spieltrieb, das Gedicht in vielen Formen zu probieren: als Sonett, Ode, Elegie, als Reise- oder Erzählgedicht, als Monolog. Die Entwicklung zum Gedicht, das mehr registriert als besingt, mehr konstatiert als verkündet und dessen Sprechweise zunehmend gedämpfter wird.
1971 veröffentlichte sie den Band *Zwischen Immer und Nie*, in dem sie sich auswies als Kennerin, Liebhaberin und Interpretin von Literatur. Darin erschienen auch die Vorlesungen, die sie im Sommer 1960 als Gastdozentin an der Frankfurter Universität gehalten hatte. Sie interpretierte einzelne Werke und einzelne Autoren; nicht wie ein Literaturwissenschaftler, sondern in eigenständiger Auseinandersetzung und eigenwilliger Rückbeziehung auf ihre ganz persönliche Auffassung von Literatur. Sie begann mit dem Gilgamesch-Epos, der Bibel, mit den Gedichten der Sappho und den

Komödien des Aristophanes. Sie betrachtete Goethe, Hölderlin, Mörike, Fouqué, Büchner, Stifter, Hofmannsthal, Trakl, Tolstoi, Zola, Hauptmann, Brecht, Camus und andere als exemplarische Gestalten ihrer Zeit und ihrer Geltung für die Gegenwart. Sie gab Auskünfte über die Dichter, die zu ihrer Gegenwart gehörten: Nelly Sachs, Ingeborg Bachmann, Paul Celan. Sie bezeugte in anderen Aufsätzen – zum Beispiel in Nachworten zu Gedichtbänden von Rose Ausländer und Johannes Poethen –, wie offen sie gegenüber der Schreibart anderer Lyriker war.

Zuletzt kehrte Marie Luise Kaschnitz nochmals zurück zu Aufzeichnungen in Prosa. Sie erschienen in den zwei Bänden: *Steht noch dahin* (1970) und *Orte* (1973). Auch sie bestätigten, wie die Gedichte, den Zug zu einer konkreten Mitteilung und Sprache, gegen die alle früheren Aufzeichnungen geradezu rhetorisch wirkten. Im Band *Steht noch dahin* formten sich die Beobachtungen manchmal auch zu Geschichten und Kürzestgeschichten; in *Orte* waren es ausschließlich eigene Erfahrungen, Erinnerungen, Bekenntnisse oder, wie sie selber anzeigte: Einfälle, »einmal dies, einmal das«. Aufzeichnungen ohne Daten, die keine Rücksicht mehr nehmen wollten auf die Reihenfolge oder gar auf eine Ordnung. Prosa-Skizzen, abwechselnd von der Phantasie oder vom Verstand diktiert, vom lang geübten Umgang mit der Sprache und der individuellen Handschrift charakterisiert.

Mit diesen Aufzeichnungen hat Marie Luise Kaschnitz ihr Werk als Dichterin und Schriftstellerin abgeschlossen. Die Bewunderung, die sie dafür geerntet hat, war verbunden mit dem Staunen darüber, daß aus den letzten Veröffentlichungen keine Merkmale eines ›Alterswerks‹ abzulesen waren. Im Gegenteil. Die Aufzeichnungen ließen sich sogar in Beziehung bringen mit den Werken von an Jahren jungen Autoren, mit den aktuellen Beobachtungen und Forderungen, die sie vermittelten oder vortrugen. Nochmals bestätigte Marie Luise Kaschnitz ihr Engagement als Zeitgenossin und Wächterin. Als sich die Nachricht ihres Todes verbreitete – sie starb am 10. Oktober 1974 in Rom –, war die Betroffenheit auch deshalb so groß, weil alle, die sie kannten, lasen, ehrten und verehrten, auf diesen unvermittelten Abschied nicht vorbereitet waren.

Die Erzählungen, die hier als Reclam-Bändchen in einer Auswahl von acht Beispielen beisammen stehen, verleiten noch zu eigenen Hinweisen. Ihre Erzählungen gehören, neben den Gedichten und Aufzeichnungen, zu den gleichwertigen Werken von Marie Luise Kaschnitz; und auch sie verzeichnen eine Entwicklung und lebenslange Beschäftigung mit der Kunst und Funktion der zeitgenössischen Erzählung in den letzten Jahrzehnten. Sehr früh, 1930, erschienen ihre ersten zwei Erzählungen in einer von Max Tau und Wolfgang von Einsiedel herausgegebenen Anthologie: *Vorstoß. Prosa der Ungedruckten.* »Die Abreise« (1950) und »Das dicke Kind« (1951), zuerst in Zeitschriften veröffentlicht, entstanden zur gleichen Zeit, als die ›short story‹ deutscher Spielart, ›die Nachkriegskurzgeschichte‹, ihren Höhepunkt erlebte. Sie, erst recht die später entstandenen Erzählungen, gehörten jedoch nicht zur allgemeinen Strömung, die von der realistischen amerikanischen ›short story‹ beeinflußt war. Marie Luise Kaschnitz zählte zu den wenigen deutschen Autoren, denen die auf Hemingway und Steinbeck folgende Generation einen größeren Eindruck gemacht hat; die poetischen Geschichten von Carson McCullers, Flannery O'Connor, William Goyen, Truman Capote. Einflüsse des Surrealismus und des magischen Realismus kamen hinzu. Zwei Überschriften von Kaschnitz-Erzählungen (»Ein Tamburin, ein Pferd«; »Ein Mann, eines Tages«) verzeichnen noch den unmittelbaren Eindruck, den die Erzählung von Carson McCullers »Ein Baum, ein Felsen, eine Wolke« auf sie gemacht hat und nicht nur auf sie.

Sie brachte freilich ihre deutsche Thematik mit, und anstelle der exotischen Szenerien amerikanischer Südstaaten hatte sie Italien erlebt und wiederholt beschrieben. Die Stoffe lieferte ihr die Zeitgeschichte: Krieg und Nachkrieg, die Prosperität und Sekurität der fünfziger und sechziger Jahre. In den Projekt- und Merkbüchern standen manchmal die Anstöße zu ihren Erzählungen verzeichnet. Im Aufsatz »Gedächtnis, Zuchtrute, Kunstform« (*Das Tagebuch und der moderne*

Autor, 1965) hat sie Auskünfte gegeben, wie sie sich anregen ließ; von einer Zeitungsnotiz zu ihrer Erzählung »Der Kustode«, von einem Lexikon des Aberglaubens zu ihrer Erzählung »Der Tunsch«. Nur für »Die Füße im Feuer«, schrieb sie, hatte es keine Anregung von außen gegeben.

Die Unterteilung in realistische und unrealistische, surrealistische oder poetische Erzählungen, die naheliegt, ist bei genauer Betrachtung so eindeutig nicht zu treffen. Wirklichkeit und Unwirklichkeit sind gleichwertig einander gegenübergestellt. Sie überlagern sich. Der »Vogel Rock« fliegt ins Zimmer: »Kurz vor drei Uhr nachmittags, ein schöner Tag im September, draußen schien die Sonne, also nichts von Dämmerung oder unheimlicher Stimmung, keine Spur.« Der Ich-Erzählerin in »Das fremde Land« widerfährt, was auch anderen Figuren widerfährt: »Man schaut aus dem Fenster, da sinken die Häuser in sich zusammen, breiten sich aus wie schwarze Fladen, unter denen Gewürm sich regt. Man horcht auf das Ticken der Küchenuhr, jeder der zarten Töne wird ein furchtbarer Schlag, wie von einer Weltenuhr, die niemals zum Schweigen kommt.«

Die Stoffe haben meist etwas Novellenhaftes, auch deshalb trifft die Kennzeichnung ›Kurzgeschichte‹ nicht ganz. Am gewöhnlichen Tag geschieht etwas Außergewöhnliches, aber auch das Gewöhnliche spitzt sich zu einer Katastrophe oder einer radikalen Desillusion zu, die eine abgrundtiefe Trauer verursacht, wenn nicht bei den Personen der Erzählungen, dann doch beim Leser, dem die Erzählung die Divergenz zwischen dem Traum und der Ernüchterung bloßgelegt hat. Viele Geschichten handeln von den Tagen, die »gezählt« sind, und vom Tod, der sie beendet. Hemingway, in seiner Art, forderte den Tiefschlag, den eine ›short story‹, und möglichst an ihrem Ende, austeilen soll. Marie Luise Kaschnitz – in einem Kapitel der *Orte* berichtet sie darüber – ließ sich von Elisabeth Langgässer vorsprechen, was eine Erzählung zum Ereignis machen kann: »der Paukenschlag«, ein lauter oder ein lautloser, »aber einer, nach dem nichts mehr so sein kann, wie es vordem war«.

Die Erzählungen der beiden Sammelbände wurden, bis auf wenige Ausnahmen, in kurzer Zeit geschrieben. Ihr Duktus macht sie einander ähnlich: die Erzählungen »Gespenster«, »Der Deserteur«, »Die Füße im Feuer« oder die Erzählungen »Silberne Mandeln«, »Die späten Abenteuer«, »Der Tulpenmann«. Ich-Erzähler oder Er-Erzähler äußern sich in fast ununterbrochener Rede. Wichtiger als die Satzzeichen ist der Redestrom, der den Lauf der Erzählung jeweils forttreibt, aber auch die Sprache trägt, in welcher der Berichter oder die Figur selber sich äußern. »Kurz vor drei Uhr bemerkte ich den Vogel in meinem Zimmer«, beginnt die Ich-Erzählerin in *Vogel Rock*. In *Ferngespräche* sind es viele Stimmen, welche die Erzählung bestreiten; miteinander Telefonierende, unterschiedliche Teilnehmer, Paul und Angelika, die jungen Liebenden, und deren Verwandte, welche die nicht standesgemäße Verbindung kaputtreden. Die von der Todeskrankheit gezeichnete Frau in »Die Füße im Feuer« äußert sich als Diaristin wie Marie Luise Kaschnitz selber in der Tagebuch-Erzählung »Am Circeo«. Mit diesen stilistischen Mitteln hat sie auch versucht, auszubrechen aus der starren Form der objektiven Erzählung oder der ›Rollenprosa‹, die sie so virtuos und oft auch zu virtuos beherrscht hat.

Die Beziehungslosigkeit der Menschen untereinander ist ein Hauptthema der Kaschnitz-Erzählungen. Gestalten, die sich nicht erinnern, die ihre Vergangenheit, ihre bessere oder schlechtere, verdrängen wollen, ein anderes Thema. In der Erzählung »Ein Mann, eines Tages« hat sie dieses Thema ausgeführt. Der Besuch der älter gewordenen Geliebten von früher verursacht beim Direktor, den seine Karriere hetzt, die ein paar Minuten dauernde Reflexion: »Das Leben ein Traum, der Traum ein Leben, zwei Theaterstücke haben so geheißen, sie haben sie im Abonnement gehabt, aber er hat nicht hingehen können, er hat keine Zeit. Schade, denkt der Mann und weiß dabei gar nicht, was er bedauert, daß er nicht im Theater gewesen ist oder daß er die Frau hat weggehen lassen oder daß er sein Leben gelebt hat, wie er es gelebt hat –«

Sehr oft werden die Erzählungen von Marie Luise Kaschnitz so deutlich, so anwendbar, programmatisch fast. Sie bewirken Kritik, und sie bewirken – wie ihre Gedichte oder Aufzeichnungen – das Gegenteil davon: eine Besinnung, eine Wende, eine Warnung; in dem Sinn, wie es ihr am Anfang zitiertes Bekenntnis zur »Weltverbesserung« ausgesprochen hat.

In keiner anderen Erzählung ist ihr diese Botschaft so gelungen wie in der Erzählung »Der Tulpenmann«, die dieser Auswahl auch den Titel gibt. Die Erzählung handelt von einem Zirkus vor den Toren Roms, von seinem Untergang und seiner Zerstreuung. Nur einer der Schausteller, ein Ballwerfer, »der Tulpenmann« eben, harrt aus bis zuletzt. Aber auch er verschwindet eines Tages – und zurück bleibt nur sein Schüler, ein Junge, der in der leeren Grube, in welcher der Zirkus früher stand, als Ballwerfer »mit stiller und zäher Beharrlichkeit« weiterübt. Signor Luigi, ein Liebhaber des Zirkus, der stellvertretend für die Erzählerin die Vorgänge beobachtet und wiedergibt, behält dieses hoffnungsvolle Bild: »Es gab einen Schüler, und solange es noch Schüler gibt, wird es auch mit den schwingenden Trapezen, den fliegenden Bällen und, ganz allgemein ausgedrückt, mit dem Circus nicht zu Ende gehen.«

Hans Bender

Inhalt

Der Tulpenmann 3
   Aus: Ferngespräche

Der Tunsch 11
   Aus: Ferngespräche

Silberne Mandeln 21
   Aus: Ferngespräche

Die Füße im Feuer 28
   Aus: Ferngespräche

Ein Mann, eines Tages 41
   Aus: Ferngespräche

Gespenster 48
   Aus: Lange Schatten

Das dicke Kind 59
   Aus: Lange Schatten

Die späten Abenteuer 67
   Aus: Lange Schatten

Nachwort 77

Außerdem ist in Reclams Universal-Bibliothek erschienen:
Marie Luise Kaschnitz, Caterina Cornaro. Die Reise des Herrn
Admet. Hörspiele. Mit einem autobiographischen Nachwort. 8731

Moderne Erzähler

IN RECLAMS UNIVERSAL-BIBLIOTHEK

Eine Auswahl

Ilse Aichinger, Dialoge. Erzählungen. Gedichte. 7939
Alfred Andersch, Fahrerflucht. Ein Liebhaber des Halbschattens. 9892
Stefan Andres, Die Vermummten. 7703 [2]
Hans Bender, Die Wölfe kommen zurück. 9430
Thomas Bernhard, Der Wetterfleck. 9818
Peter Bichsel, Stockwerke. 9719
Johannes Bobrowski, Lipmanns Leib. 9447
Heinrich Böll, Der Mann mit den Messern. 8287
Christine Brückner, Lewan, sieh zu! 9732
Heimito von Doderer, Das letzte Abenteuer. 7806 [2]
Gerd Gaiser, Revanche. 8270
Peter Handke, Der Rand der Wörter. 9774
Hermann Kasack, Der Webstuhl. Das Birkenwäldchen. 8052
Hermann Kesten, Mit Geduld kann man sogar das Leben aushalten. 8015
Wolfgang Koeppen, New York. 8602
Gertrud von le Fort, Die Verfemte. 8524
Siegfried Lenz, Stimmungen der See. 8662
Luise Rinser, Jan Lobel aus Warschau. 8897
Arno Schmidt, Krakatau. 9754
Wolfdietrich Schnurre, Ein Fall für Herrn Schmidt. 8677
Gabriele Wohmann, Treibjagd. 7912

Philipp Reclam jun. Stuttgart